U0487768

诗品三国

张传明 著

线装书局

图书在版编目（CIP）数据

诗品三国 / 张传明著. -- 北京 : 线装书局, 2025.
4. -- ISBN 978-7-5120-6364-8

Ⅰ. I207.413

中国国家版本馆 CIP 数据核字第 2025NZ6189 号

诗品三国

SHIPIN SANGUO

作　　者：	张传明
责任编辑：	崔　巍　　林　菲
出版发行：	线装書局
	地　址：北京市东城区建国门内大街 18 号恒基中心办公楼二座 12 层
经　　销：	新华书店
印　　制：	郑州宁昌印务有限公司
开　　本：	710mm×1000mm　1/16
印　　张：	21
字　　数：	110 千字
版　　次：	2025 年 4 月第 1 版第 1 次印刷
印　　数：	001—500 册

定　　价：76.00 元

序 言

《三国演义》是中国四大名著之一，它开创了历史小说的先河，代表着历史小说的最高成就。书中众多文化元素，如仁义、忠诚、智慧、机智、军事策略等，已深深地根植在中华文化中。张传明同志撰写的《诗品三国》旨在通过品赏《三国演义》中的重要人物、重大事件和重要典故，进一步弘扬中华传统文化。笔者相信，这部作品将会以下列显著特征博得广大读者的青睐。

一是紧贴原著。诗、文涉及的人物、事件及其时间和地点等史实部分，基本以毛氏父子加工整理的《三国演义》为遵循，只有基于史实引发的感悟源于作者个人认知。为了使作品不脱离原著，诗作坚持以叙事为主，力争细节入诗、主人公的关键话语入诗。比如，作者在概括汉灵帝死后，朝廷发生那场祸乱的起因时写道："灵帝归西大位空，扶协立辩两难容。将军欲靖十常乱，京外移兵惹祸生。"祸乱的主要元素都在诗句中，读后一目了然。又比如，为了再现曹操极端自私、凶残的本性，作者不惜牺牲格律，将曹操那句臭名昭著的惊世名言化入诗中："蓬门误斩问由因，血刃无辜见本心。天下休教人负我，宁教我负天下人。"此外，诗集中的"文"，即注释部分，除个别史料由正史补充外，其他均从原著取舍，并保持了原句或原意。

二是善恶分明。作者对刘备和曹操二人的品评，没有追随《三国演义》尊刘反曹的立场，而是就事论事，不偏不倚，善恶分明。比如，刘备对前来将功赎罪的糜芳、傅士仁非但不饶，还令人剥去衣服，亲手将二人凌迟。如此残忍、血腥之事绝非人君所为。作者义愤填膺，以《刘备愧称君》为题赋诗曰："芳仁背羽事多因，赎罪将功见悔心。忍见杀生方谓朕，躬亲碎剐愧称君。"又如，东汉末年，曹操挟天子以令诸侯，延汉祚二十余年，有人却骂他是"乱世贼臣"。作者理直气壮地反驳道："汉家日暮起强梁，虎踞龙盘裂土疆。不是一人生乱世，几人称帝几人王。"人性本来就是多面的、复杂的，通过对客观史料的研判，挖掘人物的多面性，论列是非，贬恶褒善，只会让读者对历史人物的认知更客观、更全面。

三是勇于质疑。水淹七军是建安二十四年（219年）八月魏、蜀两军在樊城进行的一场大战。《三国演义》为神化关羽，称关羽战前蓄水，战时决堤，大败魏军。作者没有迷信书中描述，而是对战后司马懿劝阻曹操迁都时说的一句话产生疑问，即"于禁被水所淹，非战之故"。非战之故，又为何故？作者查阅大量资料，从《后汉书》里发现"二十四年八月，汉江溢流，害民人"之记载。此记载既印证司马懿所言，又揭开《三国志》对樊城之战既无蓄水，又无决堤水攻记载之谜。于是写出《水淹七军考》："于禁七军遭水淹，一分人祸九分天。襄江八月瓢泼雨，神化关公千百年。"又如，颇受刘备尊崇的徐庶，中途为何辞别刘备而投许都曹操？《三国演义》称，徐庶为侍养老母，不得不回许都。然而，曹操南征樊城时，徐母已逝，徐庶非但没有再投刘备，反而为曹操做说客，躬亲樊城劝备降操。作者质疑道："别备投操到许昌，元直不信但为娘。若当锐意扶刘氏，母去缘何反劝降？"

四是见解独到。不盲从盲信，而是依据史料，客观、全面地分析历史人物和历史事件，从中得出新认知、新见解，是作者的创作初衷。如，陶谦为何三让徐州于刘备？《三国演义》假主人公之口说，刘备"德广才高"，是"当世人杰"。作者通过对当时徐州内、外部环境分析认为，徐州乃四战之地，外有军阀群雄觊觎，内有豪强士族争斗，刘备仅有三千兵马，官轻势微，单凭实力和人望，很难驾驭徐州。陶谦看重的是刘备皇室身份，由皇室宗亲主政，可以充分利用政治、经济、文化资源凝聚人心，巩固统治地位，保徐州一方平安。于是，作者写道："恭祖三番让豫州，时人未解个中由。彭城自古兵争地，新主安邦须姓刘。"在对街亭失守的责任分析时，作者根据多年从军背景认为，街亭是蜀军北伐和魏军南征的必经之地，狭路相逢，你死我活，干系重大，理当集中绝对优势兵力严防重守。而诸葛亮仅派马谡一路兵马驻守街亭，将其余五路分作他用。所以，街亭之失，诸葛亮既有用人不当之责，又有分兵不当之误。诗曰："三军躯命系街亭，固守当须用重兵。六路分师诸葛误，枉教马谡罪戕生。"作者之见不无道理。

五是引古喻今。从历史人物的成败得失中吸取经验教训，以指导我们做人、做事，是本书又一重要特征。诸葛亮在刘备东征失败后曾感叹道："法孝直（法正）若在，必能制主上东行，就使东行，必不倾危矣。"作者结合诸葛亮和史家们的观点认为，法正善奇谋，且深受刘备器重，法正若在，刘备不会东征，至少不会遭此大败。于是用《弊政在失贤》诗以警示后人曰："得失莫道总由天，弊政从来少大贤。向使孝直身未死，三军断不讨江南。"街亭失守后，身为三军统帅的诸葛亮奏请自贬三等，以督厥咎。作者认为，这种勇于担责的精神，值得当代人效法，于是以问促思道："辕门挥泪斩参军，诸葛章疏罪己身。向日失亭责将帅，方今漏策问何人？"诸如此类的诗作还有《叹董卓》《北海酬恩》《诸葛通权变》等，作者在对其中的人物和事件品评时，总不忘给后人以警示和启迪。以史为鉴，引古喻今，本书做到了。

《诗品三国》集诗、文于一体，文因诗中意象而生光彩，诗因文中故事而添情趣，这是前人不曾做过的。本书不仅作品的体裁有创新价值，作品的内容紧贴史实，以诗叙事，因事兴感，更是独具匠心。我相信，这本咏史诗，不仅会以特有的内涵和韵味引起三国迷们的共鸣，还会受到史家和诗词爱好者的关注，而且将作为文化创新产品得以传承。

受作者托，谨书此文，以赞其首，是为序言。

军事科学院《国防》杂志社原主编
武国禄
人民出版社《雷锋》杂志原主编
二〇二四年四月二十四日

目 录

桃园结义 / 1

刘备身世疑 / 2

董卓轻白身 / 3

怒鞭督邮 / 4

移兵惹祸 / 5

何进自取祸 / 6

丁原烈 / 7

孟德献刀 / 8

疑心误 / 9

宁负天下人 / 10

温酒斩华雄 / 11

三英战吕布 / 12

迁都祸 / 13

叹讨董联军 / 14

联盟瓦解 / 15

磐河缘 / 16

匿玺惹祸 / 17

司徒忧社稷 / 18

咏貂蝉 / 19

叹董卓 / 20

蔡邕之死 / 21

王允之鉴 / 22

戡乱兴曹 / 23

一战成名 / 24

曹氏遭劫 / 25

北海酬恩 / 26

铁戟典韦 / 27

三让徐州考 / 28

从谏如流 / 29

许褚牛换粮 / 30

催汜之乱 / 31

献帝蒙难 / 32

曹操勤王 / 33

曹操迁都考 / 34

曹操做渔翁 / 35

袁术称帝 / 36

孙门轻生死 / 37

立竿候影 / 38

辕门射戟　/ 39	吉平烈　/ 61
于禁不辩诬　/ 40	君王泪　/ 62
猎鹰勿饱　/ 41	袁绍不丈夫　/ 63
袁术命亡　/ 42	败投袁绍　/ 64
曹操借头　/ 43	关羽约三事　/ 65
割发代首　/ 44	身曹心汉　/ 66
驻马祭忠魂　/ 45	关羽斩颜良　/ 67
郭嘉十胜论　/ 46	回玄德书　/ 68
皇天暗　/ 47	闭门却关羽　/ 69
超级无间道　/ 48	投书别曹营　/ 70
生死白门楼　/ 49	去留两昆仑　/ 71
吕布殒利私　/ 50	千里走单骑　/ 72
业成"刘皇叔"　/ 51	张飞全大操　/ 73
许田打围　/ 52	张飞功高　/ 74
衣诏新悟　/ 53	杯酒释嫌　/ 75
望梅止渴　/ 54	英雄忌人　/ 76
煮酒论英雄　/ 55	榻上策　/ 77
鲲鹏向九重　/ 56	跣足迎许攸　/ 78
机失阋墙　/ 57	火烧乌巢　/ 79
讨曹操檄　/ 58	曹操宽通敌　/ 80
袁绍武输人　/ 59	忠烈沮授　/ 81
悯祢衡　/ 60	袁绍忌田丰　/ 82

目录

刘备半生空 / 83
孙乾说刘表 / 84
叹袁绍 / 85
操琳问答 / 86
曹操祭袁灵 / 87
惜奉孝 / 88
遗计定辽东 / 89
被酒小天下 / 90
跃马檀溪 / 91
林中拜隐 / 92
大业短高人 / 93
师拜徐元直 / 94
徐母大丈夫 / 95
走马荐诸葛 / 96
躬耕别 / 97
二顾茅庐 / 98
三顾茅庐 / 99
隆中对 / 100
江表虎臣 / 101
曹操废三公 / 102
火烧博望坡 / 103
孔融悲 / 104

新野抗曹 / 105
火烧新野疑 / 106
疑徐庶 / 107
疑刘备 / 108
糜夫人赞 / 109
赵云护阿斗 / 110
刘备摔子 / 111
横马当阳桥 / 112
诸葛使江东 / 113
舌战群儒 / 114
激将孙仲谋 / 115
智激周公瑾 / 116
斫案定乾坤 / 117
龙虎不同途 / 118
三国七不实 / 119
蒋干盗书 / 120
曹操中计 / 121
草船借箭 / 122
苦肉计 / 123
阚泽辩降期 / 124
蒋干再中计 / 125
连环误 / 126

冷血徐庶 / 127
横槊赋诗 / 128
英雄痛亦通 / 129
诸葛祭东风 / 130
曹公憾 / 131
义释华容道 / 132
劫后思郭嘉 / 133
勇烈周公瑾 / 134
一气周瑜 / 135
智取四郡 / 136
赵云拒娶 / 137
黄忠贞 / 138
魏延冤 / 139
君贵臣荣 / 140
皇叔负诺 / 141
恨 石 / 142
假戏成真 / 143
君心难易 / 144
孙夫人 / 145
大宴铜雀台 / 146
乱世枭雄 / 147
三气周瑜 / 148

英雄相惜 / 149
庞统屈就 / 150
修书救吴 / 151
潼关蹋险 / 152
渭水涉难 / 153
许褚退马超 / 154
抹书间韩遂 / 155
五斗米道 / 156
孟德烧新书 / 157
轲松献图 / 158
叹刘璋 / 159
飞舟夺阿斗 / 160
功名障目 / 161
趁借仲谋书 / 162
刘备其人 / 163
魏延贪功 / 164
痛失庞统 / 165
壮烈将军 / 166
张任烈 / 167
姜母颂 / 168
说降马超 / 169
刘璋乞降 / 170

目 录

关羽角马超 / 171
单刀赴会 / 172
君王泪 / 173
密诏诛曹疑 / 174
许褚忠职守 / 175
曹操斩杨松 / 176
得陇不望蜀 / 177
皇叔乞吴侯 / 178
百翎挫敌威 / 179
曹操封王 / 180
左 慈 / 181
管 辂 / 182
五士烧许都 / 183
曹相辨凶 / 184
张飞智用兵 / 185
诸葛激黄忠 / 186
曹娥碑 / 187
威震定军山 / 188
虎威将军 / 189
疑兵取汉中 / 190
杨修释鸡肋 / 191
杨修之鉴 / 192

刘备擅称王 / 193
关羽鼠肚肠 / 194
扶榇从征 / 195
水淹七军考 / 196
刮骨疗毒 / 197
司马安帝居 / 198
智取荆州 / 199
天意失荆州 / 200
吕蒙攻心 / 201
败走麦城 / 202
孙权误 / 203
孙权移祸 / 204
曹操诛佗考 / 205
曹操拒称皇 / 206
曹操托后 / 207
于禁悲 / 208
相煎何急 / 209
曹丕幸故乡 / 210
曹丕篡汉 / 211
刘备登基疑 / 212
张飞之鉴 / 213
挂孝东征 / 214

弊政在失贤 / 215	南人自治 / 237
丕咨问答 / 216	诸葛祭泸水 / 238
吴侯释受封 / 217	读前出师表 / 239
刘备愧称君 / 218	单刀斩五雄 / 240
吴王擢逊 / 219	虎子不知兵 / 241
火烧连营 / 220	计收姜维 / 242
枭姬祠疑 / 221	不解颂村夫 / 243
陆逊迷八阵 / 222	孟达其人 / 244
兵败亦丈夫 / 223	司马满腹韬 / 245
白帝托孤 / 224	懈意失街亭 / 246
诸葛通权变 / 225	分兵失街亭 / 247
秦宓逗天辩 / 226	空城计 / 248
分势退曹 / 227	挥泪斩马谡 / 249
诸葛亲征 / 228	诸葛请贬 / 250
攻心定南国 / 229	断发赚曹休 / 251
冷水擒王 / 230	后出师表 / 252
三擒孟获 / 231	孔明功过 / 253
诸葛拜隐 / 232	叹姜维 / 254
诸葛叹 / 233	诸葛神用兵 / 255
奉神求水 / 234	孙权称帝 / 256
火烧藤甲 / 235	添字得驴 / 257
丞相孤 / 236	诸葛复相 / 258

目　录

刘晔口如瓶　/ 259
曹真输赌　/ 260
违心班师　/ 261
巧施虞诩计　/ 262
诸葛装鬼神　/ 263
后主宽李严　/ 264
计斩秦朗　/ 265
木牛流马　/ 266
计破上方谷　/ 267
诸葛辱司马　/ 268
诸葛祈禳　/ 269
遗言贻祸　/ 270
五丈原　/ 271
木偶惊魂　/ 272
魏延反骨考　/ 273
魏延反叛辨　/ 274
宰相胸无船　/ 275
不解孔明　/ 276
司马定辽东　/ 277
诈病赚曹爽　/ 278
高平陵事变　/ 279
曹爽必败身　/ 280

曹爽误　/ 281
曹爽庸　/ 282
忠见百年后　/ 283
先兄更大贤　/ 284
元逊之鉴　/ 285
天道轮回　/ 286
司马师废帝　/ 287
遗命司马昭　/ 288
背水破洮西　/ 289
段谷之战　/ 290
诸葛诞反叛　/ 291
不解效田横　/ 292
仇国论　/ 293
孙綝其人　/ 294
祁山斗阵　/ 295
曹髦赞　/ 296
叹曹髦　/ 297
巧施反间计　/ 298
刘琰挞妻案　/ 299
昏主护佞人　/ 300
屯田避祸　/ 301
钟会祭鬼神　/ 302

智取阴平桥 / 303

功名激勇夫 / 304

飞越摩天岭 / 305

诸葛满门烈 / 306

刘谌殉节 / 307

后主出降 / 308

司马疑钟会 / 309

姜维诈降计 / 310

钟会之死 / 311

阿斗难扶 / 312

司马取曹魏 / 313

羊陆之交 / 314

吴主戏晋皇 / 315

世论枉吴主 / 316

三分归一统 / 317

任玉岭先生为本书题名 / 318

李文朝先生为本书作联 / 319

汪鸿雁先生为本书填词 / 320

后　记 / 321

第 1 回①

桃园结义

汉末山河日色昏,
黄巾骤起荡风云。
桃园肝胆千秋照,
天下行将三鼎分。

注:东汉末年,朝廷腐败,战事频仍,加上连年灾荒,国势日渐疲弱。公元184年,河北巨鹿张角、张宝、张梁三兄弟,与四方百姓头扎黄巾,揭竿而起,神州大地,风云骤荡。为投军破贼,保国安民,刘备、关羽、张飞于涿州不期而遇,并在桃园焚香立誓,誓曰:"不求同年同月同日生,只愿同年同月同日死。皇天后土,实鉴此心。背义忘恩,天人共戮。"誓毕,拜刘备为兄,关羽次之,张飞为弟,史称"桃园三结义"。桃园结义为刘备建功立业奠定基础,也是他一生的重大转折。作为《三国演义》的开篇故事,桃园结义对后世的影响是深远的。

第1回②

刘备身世疑

贩履织席桑树村，
逢人自诩靖王孙。
一生致力兴刘汉，
身世依然疑伪真。

注：刘备，字玄德，家住涿县楼桑村，其家之东南有一大桑树。少时以织席贩履为生，出道后，自称西汉中山靖王刘胜之后。一生忠于汉室，为兴复汉室奔波，登基后，立国号"汉"，史称"蜀汉"。尽管如此，史上对其皇室之胄说仍存疑。疑点是：陈寿在《三国志》里对从刘贞（刘胜子）至刘雄（刘备祖父）之间的亲缘关系并无记载。对此，裴松之在《三国志注》中以"世数悠远，昭穆难明"为由，不予置评；司马光在《资治通鉴》里模棱两可，疑似否认；按《三国演义》给出的族谱，献帝刘协高出刘备五个辈分，与"皇叔"称谓更是矛盾。

第1回③

董卓轻白身

尊卑自古看苗根,
贵贱从来贫富分。
救命英雄无犒赏,
只因出处是白身。

注:白身,指平民出身。公元184年,黄巾起义的叛军杀败董卓,正乘势追击,忽遇刘备、关羽、张飞引军来袭。角军大乱,慌不择路,四散奔逃,刘关张三人追赶五十里,救回董卓。卓突然获救,十分感激,曰:"救命之恩,铭记不忘。"见刘备一表人才,遂邀三人回寨,欲行赏以谢救命之恩。当问及三人现居何职时,备答曰:"白身。"卓闻言不屑一顾,满脸傲慢与轻蔑,不再为礼。备等只得离寨而去。董卓拒向恩人行赏,囿于"礼不下庶人"的封建等级观念。这一观念,与千百年来依出生论尊卑的"血统论"和按贫富分贵贱的价值观一脉相承。

第 2 回①

怒鞭督邮

刘备勤职众望高，
督邮索贿百般刁。
屠夫怒见不平事，
一吐胸中万古刀。

注：督邮，官名，郡守属吏，掌监属官，汉时位轻权重；屠夫，指张飞。因破黄巾有功，朝廷除授刘备安喜县尉。备携关羽、张飞来安喜就任。备署县事一月，勤勤恳恳，秋毫无犯，民皆感化。适逢督邮来巡，因无钱行贿，督邮枉指备残民害物，将其拘禁。屠夫出身的张飞闻讯大怒，睁圆环眼，咬碎钢牙，滚鞍下马，冲入县衙，揪住督邮头发，缚于马桩。攀下柳条，去督邮两腿上着力鞭打，一连打折柳条十数枝，一泄胸中积愤。随后与关羽扶刘备弃官而逃。"怒鞭督邮"是《三国演义》中的精彩情节，生动地刻画出张飞正直好义的性格。

第 2 回②

移兵惹祸

灵帝归西大位空，
扶协立辩两难容。
将军欲靖十常乱，
京外移兵惹祸生。

注：灵帝，指汉灵帝刘宏；将军，指大将军何进；十常，即十常侍，指汉灵帝时期操纵政权的十二个宦官，因皆任职中常侍，故称。公元189年农历四月十三日灵帝驾崩，宫中扶刘协、立刘辩两班人马势不两立，十常侍趁机肇乱。大将军何进征召西凉刺史董卓进京，期借董卓之手将十常侍一网打尽。十常侍得知何进京外移兵，十分震惊，抢先杀死何进。何进属下借为何进报仇之名，杀入宫中铲除了十常侍。何氏外戚和宦官集团两大势力灭亡后，董卓独揽大权，废长立幼，滥杀无辜，败坏朝纲，由此引发天下诸侯讨董，从而开启了三国的乱世。

第 3 回①

何进自取祸

奉诏将军入禁闱，
幽宫刀剑暗生辉。
几番不顾忠臣谏，
命丧黄泉归罪谁？

注：禁闱，宫中小门，指宫内。得知大将军何进将兵京师剿杀宦官，十常侍决定绝地反击。首领张让先伏刀斧手五十人于长乐宫嘉德门内，而后，以向大将军谢罪为名央求何太后宣何进入宫。主簿陈琳谏进曰："太后此诏，必是十常侍之谋。切不可去，去必有祸。"曹操等同僚亦料定是谋。谏曰："先召十常侍出，然后可入。"进笑曰："此小儿之见也。吾掌天下之权，十常侍敢待如何？"执意进宫。袁绍与曹操带剑护送，被阻于长乐宫外。进昂然直入嘉德殿门，张让、段珪迎出，左右围住。宫门尽闭，伏甲齐出，将何进砍为两段。

第 3 回②

丁原烈

君臣父子古今然，
废帝专国日月颠。
满座元侯皆作哑，
一身刚烈数丁原。

注：君臣父子，即"君君臣臣、父父子子"之缩语，意思是：君主应像君主，臣子应像臣子，父亲应像父亲，儿子应像儿子，臣不悖君，子不逆父。董卓屯兵京师后，设宴召集百官，谕以废立。酒行数巡，卓教停酒止乐，厉声曰："吾欲废帝立陈留王，诸大臣以为何如？"诸官慑于董卓淫威，皆不出声。时任并州刺史丁原怒不可遏，拍案而起，厉声曰："不可，不可！汝是何人？敢发大语？天子乃帝嫡子，初无过失，臣子何得妄议废立？汝欲为篡逆耶？"董卓遂掣佩剑，欲斩丁原，见丁原背后吕布器宇轩昂，威风凛凛，手执方天画戟，怒目而视，只得作罢。

第4回①

孟德献刀

镜光刃影警人枭，
行刺不成伴献刀。
但恐贼夫觉悟早，
托言试马走龙蛟。

注：孟德，即曹操；人枭，指董卓。曹操欲刺杀董卓，身藏宝刀至相府。时卓正侧身向内而卧。操暗忖曰："此贼合死。"急掣宝刀在手，恰待要刺，不意卓仰面看衣镜中，照见曹操在背后拔刀，急回身问曰："孟德何为？"时吕布牵马至阁外。操惶遽，乃就势跪地，举刀齐顶，曰："操有宝刀一口，献于恩相。"卓接视之，见其刀长尺余，七宝嵌饰，极其锋利，果宝刀也，遂递于吕布收了。卓将布所牵西凉好马赐操。操谢曰："愿借试一骑。"遂牵马出相府，加鞭望东南而去。布对卓曰："适来曹操似有行刺之状。"卓亦疑之。遂令遍行文书，捉拿曹操。

第4回②

疑心误

客至已疑翁远身,
试砧厨下更惊心。
挥刀血洗柴门后,
始悟屠豚为故人。

注:曹操行刺董卓不成,逃至中牟。县令陈宫感其义勇,弃官从之。二人行至成皋,天色向晚,投宿操父结义弟兄吕伯奢家。奢教二人安坐,即起身入内,良久乃出,谓宫曰:"老夫家无好酒,容往西村,沽一樽来相待。"言讫,匆匆上驴而去。操与宫坐久,忽闻庄后有磨刀之声。二人潜步草堂后,但闻人语曰:"缚而杀之,何如?"操谓宫曰:"吕伯奢非吾至亲,此去可疑。此番试刀定为图己,今若不先下手,必遭擒获。"遂与宫拔剑直入,不问男女老幼皆杀之。搜至厨下,却见缚一猪待杀。方悟吕氏欲烹彘款待故人矣。

第 4 回③

宁负天下人

蓬门误斩问由因，
血刃无辜见本心：
天下休教人负我，
宁教我负天下人。

注：曹操、陈宫误杀吕家老小后疾急出庄逃离。行无二里，恰逢吕伯奢携酒菜回返，叫曰："贤侄与使君，何故便去？"操曰："被罪之人，不敢久住。"奢曰："吾已吩咐家人，宰一猪相款。何憎一宿，速请转骑。"操不顾，策马便行，行不数步，忽拔剑复回，叫伯奢曰："此来者何人？"伯奢回头看时，操挥剑砍奢于驴下。宫大惊曰："适才误耳，今何为也？"操曰："伯奢到家，见杀死多人，安肯干休？若率众来追，必遭其祸矣。"宫曰："知而故杀，大不义也。"操曰："宁教我负天下人，休教天下人负我。"宫闻言，默然离去。

第5回①

温酒斩华雄

贼将三番搦寨门，
本初欲战叹无人。
云长停盏飞身去，
馘首归来酒尚温。

注：馘，音（guó）；本初，即袁绍；云长，即关羽。袁绍讨董联军与董卓在汜水关对峙，袁绍几战不取。董卓部将华雄屡屡来联军寨前搦战，袁绍先后派俞涉、潘凤二将应战，皆被华雄斩于马下，回顾帐中，再无战将可派。是时，关羽帐下请缨。绍闻知羽为刘备马弓手时，不屑一顾。袁术更是大喝曰："汝欺吾众诸侯无大将耶？量一弓手，安敢乱言，与我打出。"曹操忽止之，教酾热酒一杯，与关公饮了上马。羽曰："酒且斟下，某去便来。"出帐提刀，飞身上马。羽来到阵前，手起刀落便将华雄斩于马下，携华雄头颅回帐时，其酒尚温。

第5回②

三英战吕布

一戟当关敌众强，
双锋偃月丈八枪。
三英并力垂青史，
孤勇如何不见彰。

注：一戟，指吕布的方天画戟；双锋，指刘备的雌雄双股剑；偃月，指关羽的青龙偃月刀；丈八枪，指张飞的丈八蛇矛。华雄被斩后，董卓派吕布守虎牢关，袁绍令八路诸侯迎战，皆不敌吕布。张飞见了，挺丈八蛇矛，抖擞精神，酣战吕布，连斗五十回合不分胜负。云长见了，把马一拍，舞青龙偃月刀相助。三匹马丁字儿厮杀，战到三十合，仍战不倒吕布。刘备见状，骤马掣双股剑来助战。三人围住吕布，转灯儿般厮杀。布久战力穷，寡不敌众，拖戟遁逃。谁是真正的英雄，显而易见，而《三国演义》不言吕布战三英，反称三英战吕布，吕布的光彩被完全掩盖。

第6回①

迁都祸

迁都国相乱天常,
劫富掘坟毁庙堂。
洛邑千村人迹灭,
长安万户断炊粮。

注：国相，即相国，东汉末年官职，指董卓；公元189年农历九月，董卓废帝专国，引发朝野愤怒。为躲避十八路诸侯讨伐，董卓挟天子从洛阳迁都长安。行前差铁骑五千，遍行捉拿洛阳富户数千家，插旗头上，大书"反臣逆党"，尽斩于城外，取其金资。又差吕布发掘先皇及后妃陵寝，取其金宝。军士趁势搜刮民财，并放火烧毁宗庙、官府、民宅。南北两宫，火焰相接；洛邑内外，尽为焦土。大火连烧数月，方圆三百里灰烟蔽日，鲜有人迹。被驱赶的数十万民众西迁长安后，流离失所，死伤无数，千家万户不见炊烟，生活困苦不堪。

第 6 回 ②

叹讨董联军

弃都夺路鼠狼奔，
百万兵锋指逆臣。
向使诸侯肯西进，
怎教贼董祸乾坤？

注：面对十八路讨董联军，董卓不顾众臣反对，决议迁都长安以避锋芒。公元190年农历四月，卓挟天子仓皇西逃，各路兵马更是望风而遁，溃不成军。曹操见状，谏盟主袁绍曰："今董贼西去，正可乘势追袭，本初按兵不动，何也？"绍曰："诸侯疲困，进恐无益。"操问诸公曰："董贼焚烧宫室，劫迁天子，海内震动，不知所归，此天亡之时也，一战而天下定矣，诸公何疑而不进焉？"众诸侯皆言："不可轻动。"操大怒而起，曰："竖子不足与谋！"遂自引兵万余，星夜来赶董卓。十八路诸侯在关键时刻不能合力西进，致使讨董联军功败垂成。

第6回③

联盟瓦解

千军奋起卷雷风，
讨逆护国初意同。
怎奈诸侯衔异志，
猴狲树倒各西东。

注：公元190年正月，关东十八路诸侯组成讨董联盟，高举讨逆护汉大旗，浩浩荡荡，齐聚洛阳，"各自安营下寨，连接二百余里"。联盟推渤海太守袁绍为盟主。绍整衣佩剑，慨然登坛，歃血宣读盟词。各路诸侯因其词气慷慨，个个同仇敌忾，士气高昂，摩拳擦掌，准备厮杀。后因诸侯心怀异志，相互拆台，绍则少谋寡断，无力整合，坐看董卓西逃长安，联盟开始瓦解。曹操料不能成事，自引军去了扬州；公孙瓒遂拔寨北行；绍见众人各自散去，亦领军拔寨，离洛阳投关东去了。一场声势浩大的讨董壮举最终成为贻笑后人的闹剧。

第 7 回①

磐河缘

磐河大战见峥嵘，
别阔江湖欣又逢。
不使明君输慧眼，
英雄乱世建奇功。

注：磐河，在今河北省境内，流经幽、冀二州；公元191年，袁绍与公孙瓒战于磐河，时少年将军赵云与刘备先后投奔公孙瓒麾下，瓒引刘备与赵云相见。初识赵云，备甚相敬爱，便有不舍之心。备除授平原相后，与云分别，执手垂泪，不忍相离。别后八年，二人再无音讯。公元200年，赵云至邺城寻见刘备。二人重逢，欢喜若狂，同床而卧，相谈甚欢，从此形影不离。云不负知遇之恩，从备二十余年，忠心耿耿，身经百战，勇冠三军，屡建奇功。公元208年的长坂坡之战，子龙单枪匹马，七进七出敌阵，救出刘备的妻子甘夫人和幼主刘禅。

第 7 回②

匿玺惹祸

年少擒贼享盛名，
孤军讨董傲群雄。
一从匿走真王印，
失道亏名惹祸凶。

注：史载，东汉末年名将孙坚，年少时即性格勇烈，十七岁随父出海时，遇海盗抢劫商船，只身追杀，擒一海盗归，一举成名。公元191年，关东诸侯联军讨伐董卓，孙坚带领部队与董卓正面交锋，卓遭重创，被迫西窜。关键时刻，联军各怀鬼胎，驻足不前，唯有孙坚孤军追杀。孙坚的勇敢与坚韧深受世人景仰。然而，自洛阳皇宫匿走传国玉玺后，孙坚声名狼藉，祸凶不断：先是袁绍索玺，双方剑拔弩张，几近兵刃；后遭荆州刘表堵截，二人大动干戈，为报刘表一箭之仇，战死岘山……系列事端，皆因玺起。诚如东晋史学家裴松之所云："匹夫怀璧，犹曰有罪，而况斯物哉！"

第8回①

司徒忧社稷

割舌断指鼎煎烹，
董氏暴行惊域中。
社稷岌岌何日定，
司徒垂泪问苍穹。

注：司徒，官名，指王允；董氏，指董卓。董卓初入洛阳，废长立幼，毒杀太后，广植党羽，统收兵权，控制朝廷。迁都长安后，愈加骄横，自号为尚父，出入僭天子仪仗。别筑郿坞，内盖宫室、仓库，美女如云，粮积如山。残害生民，滥杀无辜，或断其手足，或凿其目，或割其舌，或以大锅煎之。朝中哀号震天，百官惊悚，人人自危。董卓为非作歹，倒行逆施，致使朝纲废弛，群雄逐鹿，百姓有倒悬之危，国家有累卵之急。司徒王允，心系苍生，忧国忧民，坐不安席，苦想除暴安良之策。至夜深月明，策杖独步后园，立于荼蘼架侧，仰天垂泪。

第 8 回②

咏貂蝉

汉季失权卓乱天，
司徒矞逆用红颜。
委身社稷轻生死，
祸水原来有大贤。

注：貂蝉，传为东汉末年司徒王允家歌女，有倾国倾城之貌；卓，董卓。东汉末年，董卓祸国殃民。为解百姓倒悬之危、君臣累卵之急，司徒王允将貂蝉先许配吕布，后献于董卓，教蝉从中构间布、卓分颜，令布杀卓，以绝大恶。蝉深明大义，不顾自身安危，毅然从之，并借吕布之手，成功除掉董卓，结束卓专权的黑暗时期，救汉室于水火之中。纵观历代王朝，每逢国难，常遣纤弱女子委身为国：汉朝的王昭君、唐朝的文成公主、《红楼梦》中荣国府里的"三姑娘"等，都是统治者和亲政策的牺牲品。所谓"红颜祸水"，不可一概而论矣。

第 9 回①

叹董卓

弑君掘墓害群贤，
罪报脐灯为己燃。
兴盛积德须半世，
败亡作恶仅三年。

注：公元189年农历八月，董卓应召屯军洛阳后，自拜相国，权倾朝野，骄横跋扈，独断专行。弑天子，杀太后，戮群臣，罪恶贯盈，人神共愤。公元190年农历二月，十八路讨董大军奔向洛阳，董卓被迫迁都长安。临行前劫杀富豪，搜刮民财，挖掘帝王、公卿陵墓，盗走宫殿珍宝后，放火烧毁洛都……常言道：多行不义必自毙。公元192年农历五月，卓被戮尸长安街头，看尸军士以火置其脐中为灯，膏流满地。百姓过者，莫不手掷其头、足践其尸以泄愤恨。董卓一生，大起大落，大喜大悲，由兴至亡，仅仅三年，可谓其兴亦勃焉，其亡亦忽焉。

第 9 回②

蔡邕之死

百姓不为贼死哀，
伯喈独泣释悲怀。
司徒惧谤成迁史，
不吝曲杀旷世才。

注：蔡邕（yōng），字伯喈，东汉大文学家、史学家、书法家，才女蔡文姬之父，官至侍中；贼，指董卓；迁史，司马迁《史记》之简称。公元192年农历五月，董卓被司徒王允暴尸于市，邕感卓知遇之恩，伏尸大哭。允闻讯大怒，令人擒邕至。允叱曰："董卓逆贼，今日伏诛，国之大幸。汝亦汉臣，乃不为国庆，反为贼哭，何也？"邕伏罪曰："只因一时知遇之感，不觉为之一哭。愿公见原。"允欲杀之。众官惜邕大才，皆力救之。允曰："昔孝武不杀司马迁，后使作史，遂致谤书流于后世。"王允恐蔡邕效司马迁作史谤己，不顾众谏，命将邕下狱中缢死。

第9回③

王允之鉴

斩津罪让露锋芒，
护汉诛卓名远扬。
岂料英雄三寸气，
因行霸道付冥乡。

注：王允，字子师，汉末大臣，官至司徒；津，赵津，晋阳郡大恶霸；让，张让，东汉宦官，以骄纵贪婪见称。王允初仕晋阳郡吏时，勤政爱民，不畏强暴，将当地恶贯满盈的赵津斩首示众，百姓拍手叫好；除授豫州刺史后，不惧权贵，表奏极受皇帝宠爱的大宦官张让通匪，要求将让治罪，让被吓得半死；董卓废帝专权时，允巧施连环计，诛杀董卓，成为中兴汉室的大功臣，深受朝野称赞和拥护。然而，这样一位英雄，功成名就之后，居功自傲，不思敬畏，不懂变通，不赦不宥，滥杀无辜，致使民心渐失，终死于非命，时年五十六岁。

第 10 回①

戡乱兴曹

黄巾卷土犯青州，
奉诏曹操戡匪流。
纳顺招降逾百万，
挟来天子令诸侯。

注：黄巾，代指黄巾军；匪流，盗贼，这里指黄巾军残余。公元 192 年春，趁董卓及其爪牙李傕、郭汜肇祸之机，青州黄巾军余孽，聚众数十万，劫掠良民，称霸一方。朝廷命东郡太守曹操与济北相鲍信一同剿匪。曹操接旨，会合鲍信一起兴兵，击贼于寿阳。信杀入匪阵，不幸为匪所害。操并兵追匪，直至济北，斩首数万级，大破黄巾军。不过百余日，招安到降兵三十余万，男女百余万口。操以收编的降卒为基干部队，组建自己的军事集团，号为"青州兵"。操趁奉诏戡乱之机，扩兵拓土，实力大增，为日后挟天子令诸侯奠定了雄厚的基础。

第10回②

一战成名

曾有豪情激壮怀，
只因兵寡忍狼豺。
奇伏轮战黄巾败，
英士慕名纷沓来。

注：讨董联军瓦解后，满怀匡国济时豪情的曹操，前往扬州募得三千兵马栖居东郡。因兵微将寡，此时的曹操仍为北方霸主袁绍的附庸，处处受制于人。面对遍地匪患，只能忍气吞声。受命讨伐黄巾余孽作乱时，手中仅有两万人马，不及黄巾军十分之一，断无胜算。操初战不利，遂明设赏罚，联合友军设奇伏，昼夜轮战，致匪精疲力竭时，又诈败遁逃，诱匪深入，进而围歼之，三十万降兵尽被招安。择精锐者，号为"青州兵"，令其余归农。操凭智谋一战成名，被朝廷加封为镇东将军。自此，荀彧、荀攸、程昱、郭嘉、刘晔等天下英才纷至沓来。

第 10 回③

曹氏遭劫

当年血洗故人家，
今日惨遭绝户杀。
天道酬恩兼报怨，
何曾造果有失差？

注：故人，指曹操父亲的结义兄弟吕伯奢；造果，即造因得果，意思是无论制造何种因缘，必得相应之果。当年曹操逃难投宿吕伯奢家，因疑奢将加害于己，不惜将奢家灭门。公元193年，曹操父亲曹嵩携家眷投操，途经徐州，太守陶谦差属下张闿护送。闿见曹家辎重颇丰，心生歹意，趁夜劫杀曹嵩及其家眷，取了财物逃遁。当年儿子滥杀无辜，如今父亲无故遭杀，子债父还。曹家悲剧，再次警示世人：善恶都有报应，你做过的善事，都是在积累你的福报；你做过的恶事，都是在消耗你的福气。勿以善小而不为，勿以恶小而为之。

第 11 回①

北海酬恩

母受衣食生感激，
嘱儿救困报恩锡。
皇天不负人心善，
教子当学融让梨。

注：北海，北海郡，今山东潍坊；母，指太史慈的母亲；儿，指太史慈，东汉末年名将；融，孔融，时任北海郡守，四岁知礼让梨。太史慈因被州家仇视，避居辽东，北海家中只剩老母孤苦度日。郡守孔融，见慈老母年迈无依，关怀备至，常使人济粟帛于其母。某日，慈回北海省亲，适逢黄巾军余党率贼众数万围攻北海，融被困城中，孤穷无告，危在旦夕。慈老母感念孔融昔日善举，嘱儿曰："屡受府君深恩，汝当往救。"慈从母意，挺枪跃马，杀出重围，往平原县搬来刘备三千救兵，北海得以解围。孔融获救再次印证，善心自有好报。

第 11 回②

铁戟典韦

战马嘶嘶箭雨飞，
濮阳城外孟德危。
山穷水尽谁人救？
铁戟双提护主归。

注：典韦，东汉末年名将，先从张邈，后转投曹操，常用兵器为双铁戟，左戟三十九斤，右戟四十一斤；孟德，即曹操。公元194年，曹操讨伐濮阳吕布，夜袭布西寨。布引军来救，操抵挡不住，望北而行，不利；复往西而走，被吕布属下郝萌、曹性、成廉、宋宪四将团团围住，矢箭如雨。操走投无路，大呼曰："谁人救我？"马军队里，典韦手提双铁戟，飞身下马，取短戟十数支，挟在手中，五步飞戟刺之，一戟一人坠马，并无虚发，立杀十数人。吕布四将不能抵挡，众敌皆奔走，操得救。军中有谚曰："帐下壮士有典君，手提双戟八十斤。"

第 12 回①

三让徐州考

恭祖三番让豫州，
时人未解个中由：
彭城自古兵争地，
新主安邦须姓刘。

注：恭祖，即陶谦，徐州刺史；豫州，指刘备，刘备曾任豫州刺史，人称刘豫州；彭城，徐州别称。东汉末年，宗室刘焉治下的益州、刘表治下的荆州都相对安稳，而陶谦治下的徐州却内忧外患，兵连祸接。究其缘由：徐州乃四战之地，物阜民丰，外有军阀群雄觊觎，内有豪强士族争斗，非汉室宗亲主政，不能服众安邦，也难以立足。时逢曹操以为父报仇为名，发兵攻打徐州。陶谦年事已高，病魔缠身，自知难以御敌，心系身后徐州安危，申奏朝廷，坚持让汉室宗亲主政徐州，这应是其三让徐州于刘备的真实原因。

第 12 回②

从谏如流

备无功誉踞徐州，
操欲加兵泄恨仇。
文若直言陈利害，
息兵从谏顺如流。

注：备，刘备；操，曹操；文若，即荀彧（音 yù），东汉末年政治家、战略家，时为曹操首席谋臣。曹操得知陶谦病死，刘备不费半箭之功，坐得徐州，十分忌恨，即传号令，克日起兵，讨伐徐州，欲先杀刘备，后戮谦尸，以雪先君之恨。荀彧闻讯入谏曰：昔高祖保关中，光武据河内，皆深根固本，以正天下，进足以胜敌，退足以坚守。明公本首事兖州，弃兖州而取徐州，是弃大而就小，去本而求末，以安而易危也，愿熟思之。操闻彧言，恍然大悟，立收成命。正是曹操豁达大度、从谏如流的政治家风度，才使得麾下众多谋士，各个都能大放异彩，各尽其才！

第 12 回③

许褚牛换粮

许褚约贼牛换粮。
抵牛折返断绳缰。
倒拖厥尾还途去，
从此乡豪不再狂。

注：许褚，字仲康，谯郡谯县人，东汉末年曹操部下猛将，容貌雄毅，勇力绝人。早年向遭寇乱，褚聚宗族数百人筑坚壁于坞中，同御贼寇。一日群贼至，褚令众人备足石子，褚飞石击之，贼被砸得人仰马翻，不敢近坞，只得退去。又一番贼至，坞中断粮，遂与贼讲和，约以坞中耕牛换贼粮米。米至，贼驱牛至坞外。须臾，牛挣断绳缰皆返坞中。褚双手各拽一牛尾，倒行百余步送贼手中。贼寇见状大惊，弃牛而去，纷纷远离此地，不再为害乡里。公元197年，曹操占领淮、汝，许褚招引宗族数百人归顺曹操，操拜褚为都尉。

第 13 回①

催汜之乱

寻仇催汜掠长安，
挟帝劫臣两相残。
千里狼烟没日月，
万家骨肉盼团圆。

注：催，李催（jué）；汜，郭汜（sì）；二人均为董卓爱将，东汉末年军阀头领。公元192年，催、汜为董卓报仇，攻破长安，杀死司徒王允，逼走吕布，开启催、汜擅权长安的历史。公元195年，二人相互猜忌，反目成仇，进而在长安城内混战，乱箭齐发，射死宫人不计其数，乘势掳掠居民。李催挟走献帝、伏后到营中，据为奇货；郭汜领兵入宫，尽抢掳宫嫔采女入营，放火烧宫殿，每日领军来李催营前厮杀，一连五十余日，死者不可胜数。两军由城内打到城外，朝廷土崩瓦解，天子颠沛流离，百姓背井离乡，社稷战乱不已。史称"催汜之乱"。

第 13 回②

献帝蒙难

狼争虎斗惹干戈，
献帝流离苦日多。
最是仓皇安邑地，
猪食茶饭露天窝。

注：安邑，古代都邑名，位于今山西省夏县境内。李傕、郭汜攻入长安后，反目为仇，互相残杀，引发战乱。献帝与皇后被劫东逃。时值天气严寒，贼兵追急，帝弃车驾步行至黄河岸边，寻得一只小舟做渡船。众与帝争相渡船，争渡者被尽砍于水中。既渡彼岸，帝左右止剩十余人，帝与后强扶上岸。"野老进粟饭，上与后共食，粗粝不能下咽。"驾至安邑，苦无高房，帝后都居于茅屋中，又无门关闭，四周插荆棘以为屏蔽。帝与臣议事于茅屋之下，诸将引兵于篱外镇压。公元196年七月，颠簸一年的献帝终于东归故都洛阳。

第 14 回①

曹操勤王

千里勤王赴洛阳，
偏侯一跃踞中央。
挟天仗剑平诸夏，
敢教身前无二皇。

注：曹操在山东闻知车驾已还洛阳，聚谋士商议勤王事。荀彧进曰："今天子蒙尘，将军诚因此时，首倡义兵，奉天子以从众望，不世之略也。若不早图，人将先我而为之矣。"操从彧谏，克日兴师洛阳，一举击溃李傕、郭汜众贼兵。帝赞曰："曹将军真社稷臣也。"即宣操入宫议事。从此，曹操由一个无足轻重的地方诸侯，一跃成为朝中统领三军的大将军，继而挟天子以令不臣。公元197年农历二月，袁术在寿春擅自称帝，被操一举剿灭。此后，尽管群雄逐鹿，对皇位虎视眈眈，但由于曹操的存在，万里华夏仍为一帝。此乃操勤王之功。

第 14 回②

曹操迁都考

天阙何为迁许州,
时人不解个中由。
明公命属五行土,
都许兴曹衰汉刘。

注：明公，对曹操的尊称。曹操奉献帝还都洛阳后，以洛都荒废已久，不可修葺，转运粮草不便为由迁都许州。其实，迁都许州另有缘由。史载，时侍中太史令王立仰观天文曰："吾观大汉气数将终，晋魏之地必有兴者。"又云："天命有去就，五行不常盛，代火者土也，代汉而有天下者，当在魏。"操以是告荀彧。彧曰："汉以火德王，而明公乃土命也。许都属土，到彼必兴。火能生土，土能旺木，正合王立之言，他日必有兴者。"操意遂决。公元196年，挟帝驾幸许都。曹丕称帝后以"汉亡于许，魏昌于许"之意，改许县为许昌。

第 14 回③

曹操做渔翁

狼争虎斗挫芒锋，
执叶伺蝉黄雀盯。
坐令三雄为鹬蚌，
曹操袖手做渔翁。

注：狼、虎，指曹操所忌惮的刘备、吕布和袁术三个枭雄。"执叶伺蝉"句，化用"螳螂捕蝉，黄雀在后"意，为消灭刘备、吕布和袁术，曹操先用荀彧的"二虎竞食计"，即诏授刘备为徐州牧，附密书命刘备诛杀吕布，致二人相互残杀。备识破操计，以"容缓图之"回书曹操。操见此计不成，又用荀彧的"驱虎吞狼计"，即先遣人往袁术处通问，报称刘备密奏朝廷伐袁术，术闻讯怒而攻备；再明诏刘备兴兵伐袁术，以坐实刘备密奏伐袁术之传言。待袁、刘互相攻伐，两败俱伤时，吕布必然趁机灭袁亡刘……三雄争斗，操坐收渔人之利。

第15回①

袁术称帝

三公四世耀袁门，
恃贵滋萌僭号心。
兵马换得尊信物，
寿春城里擅称君。

注：袁术，字公路，东汉末年军阀首领，割据淮南；尊信物，指传国玉玺，据传为秦代丞相李斯所制。袁术自恃出身名门，袁氏四世三公，人脉深广，常思僭位。孙坚死后，孙策用亡父传国玉玺作质，换得袁术三千兵马，术获玺大喜。因民间广泛流传"代汉者当涂高"，"涂"同"途"，袁术以为自己字"公路"，有天子凭证，预示着自己有皇帝命，便充满幻想。公元197年农历二月，不顾众人劝阻，执意在寿春称帝。建号仲氏，置公卿百官，立冯方女为后，立子为东宫，郊祀天地。随后遭来曹操、刘备、吕布、孙策四路兵马追杀，袁术大败。

第 15 回②

孙门轻生死

武烈襄阳冒矢石，
伯符神岭战骁慈。
孙门父子轻生死，
江左军民多忘私。

注：武烈，指孙坚，汉末将领，东吴政权的奠基者；伯符，即孙策，孙坚长子；慈，太史慈。孙坚在襄阳与黄祖交战时，一马当先，独入敌阵，身中矢石，脑浆迸流，阵亡岘山，年仅三十七岁。孙策与骁将太史慈于神亭岭单挑时，弃枪厮打，战袍被扯得粉碎。肉搏百余回合，策掣了慈背上的短戟，慈亦掣了策头上的兜鍪，直至援军至，二人方罢手。公元200年农历五月五日策引军会猎时，奋身独步，被宿敌暗箭射伤致死，卒亡二十六岁。坚、策父子，身为三军统帅，战必身先士卒，舍生忘死，江东军民竞效其勇，多舍私曲。

第 15 回③

立竿候影

百战神亭见武功，
伯符绊马缚英雄。
立竿候影人疑去，
子义归来正日中。

注：神亭，即神亭岭；伯符，即孙策；子义，即太史慈，东汉末年名将。孙策与太史慈于神亭岭单挑百余回合，不分胜负，策为慈武功折服，心生收慈之意。两军泾县再遇时，策暗施绊马索将慈生俘。策出营，亲释其缚，邀之上座，设宴款待。慈见策待己甚厚，遂请降，曰：某欲自往旧营，率余众来投，以助明公，不识能相信否？策起谢曰："此诚策所愿也。"二人约定，次日日中时回还。诸将疑曰："太史慈此去，必不归矣！"策曰："子义乃信义之士，必不背我。"众皆不信，立竿于营门，以候日影。恰将日中，慈引千余众到寨，策大喜。众皆服策之知人。

第 16 回①

辕门射戟

寻仇千里动戈兵，
射戟辕门止讨征。
不是袁某顺天意，
只因狐兔怕饥鹰。

注：狐兔、饥鹰：曹操曾将袁术等人比作狐兔，把吕布比作猎鹰。公元 196 年，袁术为报前仇，遣大将纪灵率十万大军讨伐刘备，备向吕布求助。布邀刘备与纪灵来辕门饮酒。酒毕，命人将手中画戟竖在百步之外，曰：我劝你两家不要厮杀，尽在天命。吾若一箭射中戟上小枝，双方当即罢兵，是为天意；如射不中，两家尽可厮杀。若有不从者，吾并力拒之。言罢引弓射箭，箭去似流星落地，正中画戟小枝。帐上帐下，将校齐声喝彩。布曰："天命不可违！"遂令两家撤兵。明人知晓，袁术息兵，名为顺天意，实为惧吕布也。

第 16 回②

于禁不辩诬

自擅追袭百里行，
青州害马尽削平。
归来闻谤不言辩，
名将何曾有此胸。

注：于禁，字文则，时为曹操麾下平虏校尉。公元197年春，张绣反叛曹操，时夏侯惇所领青州之兵乘势下乡，劫掠民家。因情势紧急，于禁未经禀报，引本部兵追剿百余里，赶杀害群之马，安抚乡民。其间，不明就里者举告于禁意欲叛逃，禁置若罔闻，不予分辩，直至将贼寇赶尽杀绝。战后，曹操收军点将，召于禁曰："不告我，先下寨，何也？"禁备言青州之兵肆行劫掠，大失民望，某故杀之。操誉禁曰："将军在匆忙之中能整兵坚垒，任谤任劳，使反败为胜，虽古之名将，何以加兹？"乃赐以金器一副，封益寿亭侯，责夏侯惇治兵不严之过。

第 16 回③

猎鹰勿饱

徐州不授奉先王,
曹相施人有考量。
狐兔未息鹰勿饱,
饥则为用饱则飏。

注:奉先,即吕布,别称温侯;王,首领、头目,这里指徐州牧。吕布占据徐州后,遣陈登往许都讨授徐州牧一职,曹操未允,反任用陈登为广陵太守。布闻讯大怒曰:"汝不为吾求徐州牧,而乃自求爵禄?"欲拔剑斩登。登大笑曰:"吾见曹公,言养将军譬如养虎,当饱其肉,不饱则将噬人。曹公笑曰:'不如卿言,吾待温侯如养鹰耳,狐兔未息,不敢先饱,饥则为用,饱则飏去。'某问:'谁为狐兔?'曹公曰:'淮南袁术,江东孙策,冀州袁绍,荆襄刘表,益州刘璋,汉中张鲁,皆狐兔也。'"布闻言笑曰:"曹公知我也。"

第 17 回①

袁术命亡

违时背势妄称尊，
华夏岂能容二君？
四路兵戈讨袁逆，
一匙未饮赴黄尘。

注：董卓乱权后，各地诸侯分割加剧，汉朝统治更加衰微。出身名门的大军阀袁术误判形势，自以为兵力充足，领地辽阔，又手持传国玉玺，称帝时机成熟，公元197年农历二月于寿春擅自称帝，建号仲氏，未被众人承认。随后招来曹操、刘备、吕布、孙策四路大军讨伐。袁术走投无路，欲北上投奔袁绍，被刘备截住去路，只得退往寿春困守。因治理国家无方，加上四面楚歌，众叛亲离，至公元199年，已坐吃山空，军中仅有麦屑三十斛。时值盛暑，术欲得蜜浆解渴，无蜜可饮，叹息良久，大叱一声曰："袁术怎会到这个地步！"遂呕血斗余而亡。

第 17 回②

曹操借头

小斗放粮仓廪空，
饥肠将士怨情浓。
借头替罪平公愤，
奸相凶心虎豹同。

注：公元197年，曹操率十七万大军征讨袁术，因战事频繁，日费粮食浩大，诸郡荒旱，接济不及。操令管粮官王垕小斗放粮，权救一时之急。垕曰："士兵倘怨如何？"操曰："我自有策。"垕依令而行，将士因饥生怨。操乃密召垕入帐曰："吾欲借汝头以压众心，汝必勿吝。"垕大惊曰："某实无罪。"操曰："吾亦知汝无罪，但不杀汝，军心变矣。汝死后，妻与子吾自养之，汝勿虑也。"垕再欲言时，操早呼刀斧手推出门外斩讫，出榜晓示曰："王垕故行小斛，盗窃官粮，谨按军法。"众怨始解。曹操为稳军心，枉杀无辜，凸显其奸诈、凶残之本性。

第 17 回③

割发代首

丞相惊驹践麦黄，
照章问斩理应当。
郭嘉旁引《春秋》义，
割发代刑伴亦庄。

注：公元198年农历四月，曹操出师讨伐张绣，乘马正行，忽田中惊起一鸠，坐骑受惊，突入麦中，践踏大片麦田。依军法，"大小将校凡过麦田，但有践踏者，并皆斩首。"操掣所佩之剑欲自刎，众急阻住。郭嘉曰："古者《春秋》之义，法不加于尊。丞相总统大军，岂可自戕？"操沉吟良久曰："既《春秋》有法不加于尊之义，吾姑免死。"乃以剑割自己之发，掷于地曰："割发权代首。"使人以发传示三军曰："丞相践麦，本当斩首号令，今割发以代。"于是三军悚然，无不凛遵军令。曹操割发以代首，虽然是假戏真做，但对严明军纪仍起到警诫作用。

第18回①

驻马祭忠魂

濮城救险火中奔,
淯水匡危血溅门。
壮士捐躯救恩主,
三军驻马祭忠魂。

注:濮城,即今河南省濮阳市;淯水,又称白河,发源于河南嵩县境内。公元194年,濮阳之战,曹操中吕布计,被诱困城中,伏军潮水般涌出。千钧一发之际,典韦挺身而出,三次冲入火海救操脱险。公元197年,淯水之战,曹操遭张绣暗算,身处险境,万分危急。韦为护操,以一当十,被创数十处,死挡敌于寨门之外,操得以逃生,韦中箭身亡。次年,曹操率大军再过淯水时,于马上放声大哭。众惊问其故,操曰:"吾思去年此地折了吾大将典韦。"即下令屯驻军马,大设祭筵,吊奠典韦亡魂。操亲自拈香哭拜,三军无不感叹。

第18回②

郭嘉十胜论

克胜因由从不孤,
天时地利众人扶。
曹公十有悉兵要,
未战先知胜本初。

注:郭嘉,字奉孝,曹操帐下著名谋士;十胜论,即十胜十败论,是郭嘉鼓舞曹操的一篇激励文;本初,即袁绍。公元199年,即官渡大战前夕,郭嘉对曹操和袁绍的优劣做了深度解剖和比较,析理出曹操必胜的十大理由,即道胜、义胜、治胜、度胜、谋胜、德胜、仁胜、明胜、文胜、武胜。十胜论涵盖了战争的各主要环节和重要方面,体现了曹操战胜袁绍的综合实力。郭嘉的十胜论,帮助曹操的军队坚定战略信心,鼓舞战斗意志,为最终战胜袁绍、平定中原奠定了思想基础。十胜论被认为是对中国兵法思想的重要贡献。

第 19 回①

皇天暗

豫州逃难忍饥寒，
猎户屠妻供饱餐。
散弟失城曹相泪，
食人却不见惊惭。

注：豫州，指刘备。刘备兵败沛城后，匹马遁逃投许都。途次绝粮，尝往村中求食，投宿猎户刘安家。刘安闻豫州牧至，惊喜交加，欲寻野味供食，一时不能得，乃杀妻供刘备食用。备问"此何肉也？"安曰："乃狼肉也。"备不疑，遂饱食一顿。次日拂晓，忽见一妇人被杀于厨下，臂上肉已都割去，备问之，方知昨夜食者，乃安妻之肉，备痛伤上马，称谢而别。路遇曹操，备先哭诉失沛城、散二弟、陷妻小之痛，操为之泪下；又言刘安杀妻为食之事，备云淡风轻，神情自若，操无动于衷，不惊不惭，仅教人以金百两往赐之。皇天黯暗，莫此为甚！

第 19 回②

超级无间道

扶刘傍吕暗通曹，

深水履冰如履刀。

湖海一生行事巧，

无间道里任逍遥。

注：无间道，指卧底；湖海，指陈登。陈登，字元龙，东汉末年官员，性格沉静、才智兼人，《三国志》称其为"湖海之士"。陈登一身侍多主：先从徐州陶谦；谦死，陈登极力主张由刘备继任，并倾心辅佐刘备；吕布偷袭并赶走徐州刘备，陈登转侍吕布；事吕期间，通款袁绍，输忠曹操，助操擒吕布、俘陈宫、杀高顺；刘备背叛曹操占据徐州时，登助备杀徐州刺史车胄；曹操再克徐州、赶走刘备后，登受封为曹魏官员……可见，陈登一生都在做卧底，处境十分危险。因其虑事周全，办事机警，左右逢源，每遇惊涛骇浪，总能履险如夷，堪称无间道高手，一代奇杰！

第 19 回③

生死白门楼

张辽傲死乞极刑，
众将吁留刀下情。
三姓家奴苟贪命，
蜷身受死犬羊同。

注：白门楼，位于江苏徐州古邳镇；张辽，字文远，汉末名将，时从吕布；三姓家奴，指吕布。曹操攻破下邳后，将吕布、张辽缚于白门楼上。吕布先求缓缚，后祈免死。操顾刘备曰："何如？"备曰："公不见丁建阳、董卓之事乎？"操令牵布下楼缢之。布惧死，骂备曰："大耳儿，不记辕门射戟时耶？"同刑者张辽斥布曰："吕布匹夫！死则死耳，何惧之有！"遂引颈乞斩，毫无惧色。刘备、关羽等将领谏操曰："此等赤心之人，正当留用。"操从众意，亲释其缚，延之上座。屈膝求生的吕布却被枭首。一勇一怯、一生一死，荣耻立见。

第19回④

吕布殒利私

认贼作父世人嗤，

反复无常唯利私。

纵有虎辕英武事，

白门难免断头尸。

注：吕布，字奉先，汉末群雄之一；虎辕，即虎牢关和辕门。吕布为人有勇无谋，反复无常，唯利是图。初为荆州刺史丁原的主簿，认丁原为义父；后杀丁原认权臣董卓为义父；再杀董卓投王允；被董卓部将李傕、郭汜逐出长安后，先投袁术，又投袁绍、刘备。每次跳槽都留下卖主求荣的恶劣记录。吕布虽有虎牢关前战三英和辕门射戟的英雄壮举，终因朝三暮四，多行不义，被枭首白门楼。本诗有感于《三国志》作者陈寿对吕布的深刻点评。寿曰："吕布有猇虎之勇，而无英奇之略，轻狡反复，惟利是视，自古及今，未有若此不夷灭也。"

第 20 回①

业成"刘皇叔"

一从天子认皇叔，
朝野钦尊贩履夫。
身列金枝价千倍，
顺风顺水业宏图。

注：刘备家住涿县楼桑村，父，刘弘，早丧，备少时以织席贩履为业。出道后，虽自诩汉室宗亲，世人却不以为然，事业维艰。公元199年，备拜见汉献帝，帝取宗族世谱检看，确认备乃中山靖王刘胜之后，为族叔。得知刘备为献帝族叔后，各路侯臣也以刘皇叔称呼刘备，表示对其汉室血缘的尊重。"皇叔"称谓，犹如一张金色名片，不仅使刘备的皇亲身份及正统地位得以确认，还将其与当今皇上捆绑一起，身价倍增。在那个群雄割据的年代，有了这一称谓，就为日后招兵买马开启了方便之门，进而为三分天下奠定了得天独厚的政治基础。

第 20 回②

许田打围

天子驰踪猎许田，
三发不中尽失颜。
曹公搭箭鹿身死，
万岁山呼踊相前。

注：许田，旧址位于今许昌市东北许田村。汉献帝确认刘备为族叔后，曹操恐刘备夺了风头，率十万之众，陪帝猎于许田，借机争强显胜。公元199年冬某日，帝排銮驾出城，操与天子并马而行，只争一马头，背后皆为操之心腹将校。文武百官，远远侍从，刘备起居道旁。忽然草丛中跑出一只兔子，备拉弓即射，一箭射中，献帝喝彩。转过土坡，忽见荆棘中赶出一只大鹿，帝连射三箭不中。操就讨帝宝雕弓、金镞箭，扣满一箭，鹿倒于草中。群臣将校见鹿中金箭，只道帝射中，山呼万岁。操纵马直出，遮于帝前，以迎受之。众皆失色。

第 20 回③

衣诏新悟

诛曹衣诏助刘孙，
明讨贼臣暗觊君。
向使当时武王死，
或将天下早三分。

注：衣诏，即衣带诏；武王，指曹操。公元199年，汉献帝为谋杀权臣曹操，用鲜血书写诏书缝入衣带，秘密传给车骑将军董承，令承依诏密谋举事。次年正月事泄，承等尽伏诛。诛曹计划虽败，但衣带诏事件却诱发并助长了刘备、孙权等各路诸侯的政治野心。他们借口讨曹护汉，扩充势力，扩大地盘，使得汉室面临更大的危机。恰是曹操凭一己之力平河北、定辽东、灭群雄，延汉祚二十余年。历史很有趣，诛曹本为护汉，汉朝却因诛曹不成得以延续。曹操死后，曹丕、刘备、孙权先后称帝，三国鼎足而立。不难想象，倘若曹操当年被依诏诛杀，天下或早已三分。

第 21 回①

望梅止渴

百里行军烈日灼,
千沟万壑水枯涸。
曹公虚指林深处,
遥望青梅湿口舌。

注：公元 197 年夏，曹操统十五万大军讨伐张绣。因天气炎热，途中缺水，将士口渴难耐，行军速度放缓。为鼓舞士气，操心生一计。只见他举起马鞭，虚指远处道："看！前面不远处有一片梅林，赶到那里可以吃梅子解渴。"军士闻"梅"，翘首以望，精神大振，口皆生唾，由是不渴。曹操利用人们对梅子酸味的条件反射，诱出将士口中唾液，因口干舌燥造成的身体不适得到缓解，对激发部队前进动力起到出乎意料的作用。此事表现出曹操的聪明才智。今安徽省含山县梅山北麓乌龟坡石壁尚存"曹操行军至此望梅止渴"十个大字。

第 21 回②

煮酒论英雄

当年煮酒论英雄,
后世盛夸昭烈公。
道是闻雷巧遮恐,
焉知魏武假失聪?

注:昭烈公,指刘备,备谥号为昭烈皇帝;魏武,指曹操。官渡大战前,曹操为试探刘备是否有称霸天下的野心,邀备开怀畅饮。其间曹操询问刘备谁可称当世英雄,备将割据天下的各路豪杰名字说遍,操皆不以为然,而是用手先指备,后自指曰:"今天下英雄,唯使君与操耳。"备闻言大惊,匙箸不禁落地。时值大雨将至,雷声大作,备借机曰:"一震之威,乃至于此。"遂从容俯首拾箸,巧掩闻言失箸之恐,操遂不疑。千百年来,人皆盛赞刘备急中生智、化险为夷的应变能力。余以为,曹操大智若愚、佯装不察亦未可知也。

第 21 回③

鲲鹏向九重

身隐后园学圃农，
不期一语破英雄。
鲲鹏不是笼中物，
得遇风云向九重。

注：刘备被曹操收留后，恐遭曹操算计，佯装胸无大志，不问国事，就下处后园种菜，亲自浇灌，以为韬晦之计。不期，其雄心壮志被曹操青梅煮酒时一语道破。操曰："今天下英雄，唯使君与操耳。"备闻操言如晴天霹雳，十分震惊，整日忐忑不安，每天念兹在兹的是，如何虎穴脱身。时逢袁术北投袁绍，刘备请缨堵截，操令备总督五万人马，去拿袁术。备星夜收拾军器鞍马，挂了将印，催促便行。关羽、张飞在马上问曰："兄今番出征，何故如此慌速？"备曰："吾乃笼中鸟，网中鱼，此一行，如鱼入大海，鸟上青霄，不受笼网之羁绊也。"

第 22 回①

机失阋墙

大军千里赴黎阳，
速战迁延数月长。
袁绍多端寡权断，
机失兄弟阋于墙。

注：公元200年农历八月（亦说二月），袁绍欲率三十万大军直奔黎阳，与曹操决战。帐下谋士田丰、审配、沮授、郭图等因战与不战各执一词。审配、郭图极力主战；田丰、沮授则曰"不可"。四人争论未定，袁绍踌躇不决。兵屯黎阳后，许攸不悦审配引兵，沮授又恨袁绍不用其谋，各不相和，不图进取。绍则优柔寡断，无力节制，不思进兵。自八月至十月，与曹军相持不战。曹操趁机将兵力收至官渡，积极备战，为战略决战赢得宝贵时间。本是一场以众克寡、以强攻弱、速战速决的征讨战，却因袁军旷日持久的内耗，丧失战机。

第22回②

讨曹操檄

害善残贤欺幼君，
破棺掘墓掠冥金。
本初振臂呼天下，
共赴京师讨逆臣。

注：《讨曹操檄》又名《讨贼檄文》，全名称《为袁绍檄豫州》，是汉魏文学家陈琳在官渡之战前夕，为袁绍撰写的晓谕刘备及各州郡讨伐曹操的檄文。文中列举并斥责曹操种种恶行："乘资跋扈，恣行凶忒。割剥元元，残贤害善""操便放志专行，胁迁当御省禁；卑侮王室，败法乱纪；坐领三台，专制朝政；爵赏由心，刑戮在口；所爱光五宗，所恶灭三族""操帅将吏士，亲临发掘，破棺裸尸，掠取金宝……"檄文铺张扬厉，语多骈偶，气势刚健，极具鼓动性。袁绍览檄大喜，即命使将此檄遍行州郡："如律令！"并于各处关津隘口张挂。

第 22 回③

袁绍武输人

洋洋洒洒讨檄文，
罪证阿瞒任历陈。
主簿文名虽上好，
本初武略却输人。

注：袁绍，字本初，东汉末年军阀首领；阿瞒，曹操的小名；主簿，指陈琳，东汉末年文学家，"建安七子"之一，曾任大将军何进的主簿，后依附于袁绍。官渡大战前夕，陈琳为袁绍撰写《讨贼檄文》，先抨击曹操家世卑污，后痛斥其人龌龊无能，倒行逆施。檄文层次分明，义正辞严，气势刚健，"批骂之精辟，论罪之尽底"，堪称不刊之论，极具号召力。据传，彼时曹操正犯头风病，闻此文，怒气攻心，竟惊出一身冷汗，头风顿时痊愈，大喊三声"痛快！"遂赞曰：好文！好文！此文可抵十万大军！然而，陈琳文笔虽佳，袁绍武略却不足，最终仍不免一败。

第 23 回①

悯祢衡

侮罢曹操辱景升，
恃才傲物罪时英。
牛犊初世焉知虎？
每每教人悯正平。

注：祢衡，字正平，东汉末年名士，少有辩才，性情刚傲，好指摘时事，辱慢他人；景升，即荆州刺史刘表。祢衡与孔融交好，融赏识衡才华，将其荐于曹操。衡素来蔑视曹操，从操时辱操、骂操，操欲杀之，恐失人望，将其遣送刘表。表不忍其侮辱、轻慢，亦欲杀之，又恐不善，复送于江夏太守黄祖。衡出言不逊，当众再犯黄祖，祖一怒之下，命人杀之，时年二十五岁。黄祖杀害祢衡后十分后悔，便将其加以厚葬……余每阅此处，悲悯交加：悲衡无知，自命清高，少不更事；悯衡刚耿，直言贾祸，罪不当死。祢衡墓位于武汉市汉阳莲花湖公园西北。

第23回②

吉平烈

削舌断指未完身，

徇义捐躯奉报君。

济世悬壶救华夏，

群籍稽遍再无人。

注：吉平，字称平，汉朝太医，与董承共谋诛杀曹操。平趁为操医病之机，投毒于药中。事泄，操施以酷刑，逼其出首，平宁死不招。操知平曾嚼指为誓以杀己，教取刀来，就阶下截去其余九指，曰："一发截了，教你为誓。"平曰："尚有口，可以吞贼；有舌，可以骂贼。"操令人上前割其舌，平曰："且勿动手，可释吾缚，释缚即招。"操释其缚。平起身望阙拜曰："臣不能为国家除贼，乃天数也。"拜毕，撞阶而死，操令分其肢体号令。古来医者，不过医人病痛，至于吉平，倾得血肉荣辱，医时医国，遍稽医史，恐无二人。

第 24 回①

君王泪

衣传血诏祸株连，
董氏族戚赴九泉。
声泪君王拦不住，
妃身龙种并时捐。

注：妃，即董贵妃，车骑将军董承之女（亦曰董承之妹）。公元200年正月初九，董承传衣带诏事泄，被株连九族，祸殃董贵妃。曹操杀完董氏众人后，怒气未消，遂带剑入宫，来弑董贵妃。献帝泣告曰："董妃有五月身孕，望丞相见怜。"操曰："若非天败，吾已被害，岂得复留此女，为吾后患？"伏后告曰："贬于冷宫，待分娩了杀之未迟。"操曰："欲留此逆种，为母报仇乎？"董妃泣告曰："乞全尸而死，勿令彰露。"操令取白练至面前。帝泣谓妃曰："卿于九泉之下，勿怨朕躬。"言讫，泣下如雨。操叱武士牵出，勒死于宫门之外。

第 24 回②

袁绍不丈夫

曹相东征空许都，
乘虚径入可轻图。
军国大事因儿误，
袁绍如何称丈夫。

注：公元200年，官渡大战在即，为除后顾之忧，曹操起大军二十万，分五路东讨徐州刘备，许都空虚。袁绍谋士田丰建言曰："今曹操东征刘玄德，许昌空虚。若以义兵乘虚而入，上可以保天子，下可以救万民。此不易得之机会也，唯明公裁之。"绍垂头丧气曰："吾亦知此最好。吾生五子，唯最幼者极快吾意。今患疥疮，命已垂绝，吾有何心更论他事乎？"遂决意不肯发兵。丰闻绍言，以杖击地曰："遭此难遇之时，乃以婴儿之病失此机会，大事去矣，可痛惜哉！"跌足长叹而出。袁绍因儿女私情误军国大事，虚有其表，焉能称大丈夫！

第 24 回③

败投袁绍

心念天言别许都，
匡君大纛竖城头。
奈何汉祚终难复，
帝胄只身奔冀州。

注：纛（dào），大旗；冀州，河北中南部，时为袁绍地盘。车骑将军董承怀衣带诏见刘备。诏曰："近日操贼弄权，欺压君父，结连党伍，败坏朝纲；敕赏封罚，不由朕主。朕夙夜忧思，恐天下将危。卿乃国之大臣，朕之至戚，当念高帝创业之艰难，纠合忠义两全之烈士，殄灭奸党，复安社稷，祖宗幸甚！破指洒血，书诏付卿，再四慎之，勿负朕意！建安四年春三月诏。"备览过诏书，在义状上书名画押后，忐忑不安，借东讨袁术之机脱身，在徐州竖起匡君反曹大旗。次年正月，操率大军东征，备因兵微将寡，未能立足，兵败后，只身北投冀州袁绍去了。

第 25 回①

关羽约三事

拒曹降汉正时听，

奉嫂寻兄披赤忠。

关羽约行三件事，

赢得万世仰声名。

注：关羽徐州战败被俘后，曹操派张辽前来劝降。关羽向曹操提出三个要求，即约定三件事：一是只降汉帝不降曹操；二是善待二位皇嫂；三是一旦得知兄长去向，不管千里万里，便当追寻。第一件事表明他臣服的对象是汉朝不是曹操，从而将投降行为合法化，声誉无毁；第二、第三件事彰显他履仁蹈义的品行和忠贞不渝的气节；尤其是第三件事，念念不忘刘备，集中体现了他一臣不事二主的忠与义。关羽约三事，向世人昭示了他对汉朝之忠、对刘备之义，避免了因战败投降面临的"人设"危机，从而成就了他忠、义、勇的万世英名。

第25回②

身曹心汉

两院一宅内外分，

锦衣岂有旧袍亲。

栖身曹府心怀汉，

纵至黄泉从使君。

注：使君，指刘备。关羽投降曹操后，随曹操还许都。曹操将关羽与二位皇嫂共置一宅居住，以诱其乱君臣之礼。羽识破操用心，分一宅为两院，二嫂居内宅，命人把守；自居外宅，外人禁入。操备绫锦及金银器皿相赠，羽皆送与二嫂收贮。又送美女十人，羽尽送入内门，令伏侍二嫂。操取异锦作战袍一领相赠，羽受之，将新锦穿于内，外用旧袍罩之，曰："旧袍乃刘皇叔所赐，穿之如见兄面。"操见羽常怀去心，便差张辽近身打探。辽问羽曰："倘玄德已弃世，公何所归乎？"羽曰："愿从于地下。"操闻言叹曰："真义士也！"然口虽称美，心实不悦。

第 25 回③

关羽斩颜良

曹操临阵唤云长，

瓦犬土鸡敌战狼。

马踏人潮波浪裂，

青龙手起斩颜良。

注：颜良，袁绍部将。公元200年，袁绍与曹操大战于白马，袁绍大将颜良先斩宋宪于刀下，又劈魏续于马上，再败徐晃于阵前。曹营三员大将相继败亡，诸将栗然。曹操惊恐万状，遂差人请关羽应战。羽引从者数人，直至白马，来见曹操。操与羽坐，诸将环立。操指山下颜良阵势，旗帜鲜明，枪刀森布，严整有威，乃谓羽曰："河北人马如此雄壮。"羽曰："以吾观之，如土鸡瓦犬耳。"操又言颜良勇不可当，羽举目一望，谓操曰："吾观颜良，如插标卖首耳。"言罢，飞身上马，倒提青龙偃月刀，直冲彼阵。河北军如波开浪裂，良措手不及，被羽枭首。

第 26 回①

回玄德书

玄德书命问云长：
"中道相违为哪桩？"
"后土皇天共昭鉴，
　披肝沥胆志如常。"

注：玄德，即刘备；云长，即关羽。关羽助曹操斩杀袁绍大将颜良、文丑后，身在袁绍大营的刘备倍受袁绍指责。刘备遂修书送关羽，书云："备与足下自桃园缔盟，誓以同死，今何中道相违，割恩断义？君必欲取功名，图富贵，愿献备首级，以成全功。书不尽言，死待来命。"羽看书毕，大哭曰："某非不欲寻兄，奈不知所在也，安肯图富贵而背旧盟乎？"恐兄长悬望，遂作回书云："窃闻义不负心，忠不顾死……羽但怀异心，神人共戮。披肝沥胆，笔楮难穷，瞻拜有期，伏惟照鉴。"回书交付完毕，告知二嫂，即做寻兄之备。

第 26 回②

闭门却关羽

挂印封金归役人，
欲辞相府觅兄君。
曹操不忍云长去，
五次三番总闭门。

注：役人，供役使的人。关羽从刘备来信中得知其在袁绍处，喜出望外，十分激动，欲往投之，随即至相府拜辞曹操。操知来意，不忍其离去，乃悬回避牌于门，羽怏怏而回。次日再往相府辞谢，门首又挂回避牌。一连数日，操避而不见。羽往张辽家相探，欲言其事，辽亦托疾不出。羽自思曰："此曹丞相不容我去之意，我去志已决，岂可复留？"遂将累次所受金银，一一封置库中，解下印绶，悬于堂上。吩咐宅中，丞相所拨人役、侍女和原赐之物，尽皆留下，分毫不可带去，只带旧日跟从及随身行李。遂命旧日随从收拾车马，早晚伺候。

第 26 回③

投书别曹营

身在曹营心系刘，

新情旧义两难丢。

余恩未报期来日，

策马扬鞭寻豫州。

注：豫州，指刘备，备曾任豫州牧，时人常称其为"刘豫州"。关羽得知刘备下落后，一连数日去相府拜辞曹操皆不得见，知操不忍己离去之意，即修书一封。书略曰："羽少事皇叔，誓同生死，皇天后土，实闻斯言。前者下邳失守，所请三事，已蒙恩诺。今探知故主，见在袁绍军中。回思昔日之盟，岂容违背？新恩虽厚，旧义难忘。兹特奉书告辞，伏惟照察。其有余恩未报，愿以俟之异日。"写毕封固，差人去相府投递。扶二夫人上车，关羽上赤兔马，手提青龙偃月刀，率领旧日跟随人役，护送车仗，径出北门，望官道进发，寻玄德去了。

第27回①

去留两昆仑

曹操举目送贤人，
关羽蹑踪寻使君。
六将五关拦不住，
去留肝胆两昆仑。

注：使君，对刘备的尊称。得知刘备下落后，关羽累次拜辞曹操，操皆避而不见。羽只得挂印封金，不辞而别。曹操见挽留不成，率众将追送，并以路资和锦袍相赠。羽接过锦袍，勒马回头称谢，望北而去。部将劝操追而杀之，以绝后患，操曰："吾昔已许之，岂可失信！彼各为其主，勿追也。"目送关羽远去，羽一路过关斩将，义无反顾。操为羽忠贞不二之义折服，不忍加害，明令沿途关将，任凭羽弃己从彼，不得阻拦……去者忠肝义胆，丹心碧血；留者心怀坦荡，光明磊落。二人胸襟，犹如莽莽昆仑，高尚纯洁，雄伟壮阔，光彩照人！

第 27 回②

千里走单骑

千里寻兄关隘稠,
痴心不挡寿亭侯。
五关六将人头落,
从此声威震九州。

注:寿亭侯,关羽斩袁绍大将颜良后被封为汉寿亭侯。关羽不辞而别离开许都,独自一人护送刘备的两位夫人踏上漫长的寻兄之路。因无曹丞相手谕,沿途遭到层层拦阻。羽志坚意决,凭一己之力闯过东岭关、洛阳关、汜水关、荥阳关、滑州渡口关,即五关;先后斩杀孔秀、韩福、孟坦、卞喜、王植、秦琪六将。一路势如破竹,所向披靡,最终越过黄河,逃出曹操的势力范围。从此,关羽名扬四海,威震天下。千百年来,"千里走单骑"和"过五关斩六将"这两个家喻户晓的成语故事,一直传颂着关羽重情重义和坚韧不拔的高尚品格。

第 28 回①

张飞全大操

刘备趋袁羽奉曹，
英雄俯首志虚高。
桃园三义谁曾料，
一介武夫全大操。

注：张飞，字翼德，涿郡人，屠夫出身，东汉名将，武勇过人，勇而有义有节。徐州战败后，刘备连夜投奔袁绍，关羽被俘，张飞则率残兵杀出一条血路，逃往芒砀山，在此营造山寨，招兵买马，以图东山再起。当年桃园结拜的异姓三兄弟，两位兄长皆寄人篱下，屈心抑志，仰人鼻息，唯有这位胆大心粗、不通文墨的一介武夫，终身践行"宁死不背恩负义"的结拜誓言，大操得以保全。张飞志操得以坚守，是与他恪守诺言忠贞不二的品行、疾恶如仇敢爱敢恨的性格、宁为玉碎不为瓦全的气节、吃苦耐劳坚韧不拔的意志分不开的。

第 28 回②

张飞功高

徐州沦陷手足分，
兄长从人弟打拼。
不是古城肤寸地，
何来龙虎会风云？

注：兵败徐州后，刘备投靠河北袁绍，关羽降了曹操，张飞则杀出一条血路，带领少数兵将逃到永城芒砀山。在山上安营扎寨后，四处筹措粮草、招募散兵游勇，每日操兵演武，气势重又振作，四方义士纷纷来投。随着力量壮大，张飞下山占据古城，逐去县官，夺了县印，自领县令，安然入驻城池。古城四通八达，在此遇见过五关斩六将的关羽，随后迎来远途来投的刘备。兄弟三人古城重聚，旧时诸将闻讯接踵而至，很快聚集四五千人。区区古城为刘备招兵买马，进而东山再起、重振汉室提供立足之地。张飞功莫大焉。

第28回③

杯酒释嫌

徐州离散越经年，
兄弟重逢心陌然。
到底同怀匡复志，
一杯浊酒释前嫌。

注：徐州战败后，刘备、关羽、张飞各奔东西，转眼已逾经年。关羽脱离曹操后，护刘备两夫人一路寻兄，路过古城时遇见失散的三弟张飞，喜不自胜。张飞则对关羽投降曹操，并接受曹操封侯赐爵，心存芥蒂，疑羽来劝降。二人相见时，飞圆睁环眼，倒竖虎须，吼声如雷，挥矛向羽刺来，被人拦阻。经甘、糜二夫人道明来由，飞疑虑渐释。适逢刘备、赵云、孙乾、简雍、糜竺、糜芳、关平、周仓来会，二夫人具言云长之事，备感叹不已。于是杀牛宰马，遍劳诸军。备见兄弟重聚，将佐无缺，欢喜无限，连饮数日，前嫌尽释，复旧如初。

第29回①

英雄忌人

高岱赢人遭祸身，
于吉比众命归阴。
冠年气盖东南地，
怎奈英雄无腑襟。

注：英雄，指孙策；高岱，东汉末年名士；于吉，东汉末年道士。东吴政权的奠基者孙策，二十岁虎踞江东，时称"小霸王"。然而，身为英雄的孙策，却鼠肚鸡肠，嗜杀成性。《吴录》云："孙将军为人，恶胜己者，若每问，当言不知，乃合意耳。如皆辨义，此必危殆。"某日，孙策邀名士高岱论议《左传》，岱知策禀性，每问，皆言不知。策以岱对己轻蔑为由，欲杀之，众人露天静坐，为岱请命。策为岱如此赢人而妒忌，怒而杀之。道人于吉行医救人，为民求神祈雨，深受民众拥戴，策心不悦，以妖术惑众为由，将其斩杀。策胸之狭，可见一斑。

第 29 回②

榻上策

战后汉衰曹魏兴，
待时观衅鼎江东。
早将榻上三分定，
莫再隆中夸孔明。

注：榻上策，即在床榻上提出的策略；隆中，即《隆中对》，指公元207年，刘备三顾茅庐时在隆中与诸葛亮关于三国鼎立的谈话。公元200年，正当袁绍与曹操官渡大战胜负未定时，孙权与鲁肃合榻对饮，纵论国是。鲁肃对时局的判断及应对策略如是：一、官渡之战，操必胜，绍必败。战后刘汉将衰亡，曹魏将兴起。二、乘北方多务，鼎足江东，以观天下之衅。三、竞长江之极，隔江而守，然后联合刘表，与操形成三足鼎立之势。鲁肃的"榻上策"与孔明的《隆中对》均为英雄所见，策略相近，但"榻上策"比《隆中对》早提出整整七年。

第 30 回①

跣足迎许攸

许攸弃绍奔操营，
曹相跣足疾步迎。
天下彰闻礼贤事，
英才沓至满门庭。

注：许攸，字子远，原为袁绍谋士，后弃袁绍投曹操；绍，即袁绍；操，即曹操。袁绍与曹操于官渡相持日久，曹营粮草告急，许都空虚。许攸谏袁绍曰：分一军星夜掩袭许都，则许昌可取。绍不从，令攸速退，斥曰："今后不许相见！"攸受绍辱，悲愤填膺，暗步出营，径投曹寨。是时，操已解衣歇息，闻说许攸私奔到寨，大喜，不及穿履，跣足出迎，遥见许攸，抚掌欢笑，携手共入。操先拜于地，攸慌扶起曰："公乃汉相，吾乃布衣，公何谦恭如此？"操曰："子远乃操故友，岂敢以名爵相上下乎！"闻知曹丞相礼贤下士，天下英才纷至沓来。

第 30 回②

火烧乌巢

兵押官渡赌存亡，
制胜非唯武力强。
曹相乌巢一把火，
本初大梦断黄粱。

注：乌巢，在今河南省延津县境内，时为袁绍粮草储存处；官渡，位于河南中牟东北，曹操与袁绍在此地展开战略决战。曹操与袁绍重兵屯驻官渡，准备生死决战。因相持日久，曹营粮草耗尽，军力渐乏，意欲弃官渡回许都，适逢许攸来投，并献火烧乌巢计。操从攸计，选精兵五千，尽打着袁军旗号，军士皆束草负薪，人衔枚，马勒口，黄昏时分，望乌巢进发。及至乌巢，四更已尽，操教军士举火。霎时火焰四起，烟雾弥空，袁军粮草辎重焚毁殆尽。袁军丧失粮草，军心大乱，操趁势全线出击，大败袁军。火烧乌巢是曹操以弱胜强的关键。

第 30 回③

曹操宽通敌

战地尽焚通绍书，

胸襟宰相令倾服。

"彼强孤亦身难保，

且况他人不我如。"

注：绍，袁绍；宰相，指曹操。乌巢粮草被曹操火烧后，袁绍已无斗志。操乘势分大队军马，八路齐出，直冲袁绍军营。绍急渡河，尽弃图书、车仗、金帛，只引随行八百余骑而去。操军追之不及，尽获遗下之物。于图书中检出书信一束，皆许都及军中诸人与绍暗通之书。左右曰："可逐一点对姓名，收而杀之。"操曰："当绍之强，孤亦不能自保，况他人乎？"遂命尽焚之，更不再问。此举不仅体现曹操山容海纳的宰相胸襟，还彰显他高超的政治智慧：尽弃前嫌，彻底打消当事者的顾虑，进而笼络人心，提升部属对自己的忠诚度。

第30回④

忠烈沮授

兵戈未动事先通，
仰识太白知祸凶。
若使沮君谋见用，
山河怎会属曹公。

注：沮授，袁绍帐下谋士，通兵机，识天文，"少有大志，多权略"，忠心事袁绍；太白，即太白金星，传可预示吉凶。官渡大战前，沮授提出"三年疲曹"的缓进战术，不被袁绍采纳，反遭囚禁；大战打响后，授戴镣建言，劝绍重兵护粮，又不被采纳。袁军大败后，授急走不脱，为曹军所获，擒见曹操，操劝其降，授大呼曰："授不降也。"操留授于军中，厚待之。授乃于营中盗马，欲归袁氏。操怒，乃杀之。授至死，神色不变。操叹曰："吾误杀忠义之士也。"命厚礼殡殓，为建坟，安葬于黄河渡口，题其墓曰："忠烈沮君之墓"。

第 31 回①

袁绍忌田丰

折兵官渡引残归，

将士失亲责祸魁。

袁绍闻羞罪元皓，

只缘无脸面昨非。

注：田丰，字元皓，袁绍谋士，官至冀州别驾，为人刚直。曹操东征刘备时，田丰劝袁绍趁机奇袭许都，绍以幼儿生病为由，拒绝出兵。曹操大败刘备后，袁绍发檄文欲讨伐曹操，田丰认为时机不宜，极力劝阻，绍非但不听劝阻，还将其监禁。官渡大败后，绍引残兵回冀州，途中，将士于帐中聚诉丧兄失弟、弃伴亡亲之痛，各个捶胸大哭，皆曰："若听田丰之言，我等怎遭此祸？"袁绍闻诉，羞愧难当，曰："吾不听田丰之言，致有此败，吾今归去，羞见此人。"遂令使者赍剑先往冀州狱中杀掉田丰。绍外宽而内忌，可见一斑。

第 31 回②

刘备半生空

从曹事吕傍袁公,
倚借刘龚附景升。
虽有一匡天下志,
足无寸土半生空。

注:曹,曹操;吕,吕布;袁公,袁绍;刘龚,即刘辟、龚都,二人系黄巾军将领,黄巾之乱后,一直盘踞汝南;景升,即刘表,荆州刺史。刘备出道后,先跟随吕布,后事奉曹操。官渡大战前夕,借率军堵截袁术北上之机,占据徐州,公开叛曹。徐州兵败后,星夜投奔袁绍。公元200年七月,以南下荆州说服刘表联袁攻曹之名离开袁绍,栖身汝南刘辟、龚都处。公元201年,操亲征汝南,备只好南逃荆州依附刘表。公元207年,刻志匡扶汉室的刘备,年届四十六岁,终因足无寸土安身,依然寄人篱下,无兵无民,半生空空。自觉老之将至,不禁悲从中来。

第31回③

孙乾说刘表

力薄未忘报天朝，
都辟非亲为断腰。
不是英雄无去处，
只因郡守是同胞。

注：孙乾，刘备帐下幕僚；都辟，即盘踞汝南的军阀龚都、刘辟，二人先后为保护刘备战死；郡守，指刘表。刘备在汝南不敌曹操征讨，欲南投刘表，遣孙乾为说客。孙乾至荆州见刘表，曰："刘使君天下英雄，虽兵微将寡，而志欲匡扶社稷。汝南刘辟、龚都素无亲故，亦以死报之。明公与使君同为汉室之胄，今使君新败，欲往江东投孙仲谋。乾谮言曰：'不可背亲而向疏。刘荆州礼贤下士，士归之如水之东投，何况同宗乎？'因此使君特使乾先来拜白，惟明公命之。"孙乾言外之意是，刘备投荆州是背疏向亲之举，并非别无选择。表闻言大喜，出郭三十里迎备。

第 32 回①

叹袁绍

羊质虎皮嗟绍公，
雄师百万瞬间空。
黄泉最是伤心事，
家难徒延两弟兄。

注：绍公，即袁绍，东汉末年军阀首领，志大智小，色厉胆薄；两弟兄，指袁谭、袁尚。官渡之战，号称百万雄师的袁绍集团，被曹操击溃，仅剩八百残兵败将北逃。袁绍生前废长立幼。绍死后，幼子袁尚继位，招长子袁谭忌恨。二人在军中各有一派势力，兄弟间争斗，发展成两军对垒。双方为争夺冀州，互相攻杀。祸起骨肉给曹操分化瓦解、各个击破提供可乘之机。袁谭在与曹操决战中被杀，袁尚投奔袁熙，又遭曹操进击，二人不得已投奔辽东公孙康，被康斩下首级送给曹操。至此，袁绍之子全部被杀，袁氏最终灭亡，究其原因便是兄弟二人不和所致。

第 32 回②

操琳问答

"汝前为绍作檄文，
罪我缘何辱祖君？"
"事势浑如弦上箭，
维时进退不由身。"

注：操，曹操；琳，陈琳，字孔璋，东汉末年文学家，"建安七子"之一。陈琳为袁绍撰写的《讨贼檄文》，不仅列举曹操诸多罪状，还将曹操祖宗三代辱骂一遍，曹操恨之入骨。袁尚兵败冀州后，陈琳被曹操俘获。操问琳曰："汝前为本初作檄，但罪状孤可也，何乃辱及祖父耶？"琳答曰："箭在弦上，不得不发耳。"琳所言有势在必行、身不由己之意。左右劝操杀之，操怜其才，乃赦之，命为从事。曹操赦免宿敌陈琳，旨在向世人昭示自己志在天下、任人唯贤、不计个人荣辱的胸襟气度，以便吸引更多有识之士来投。

第 33 回①

曹操祭袁灵

魏武挥鞭幽冀平，
趋身袁墓祭亡灵。
据南阻北言犹在，
怎教英雄不怆情？

注：魏武，即曹操；幽冀，即幽州和冀州，指河北。公元207年，曹操历时五年平定河北后，亲往河北沧县袁绍墓下焚香祭祀，再拜而哭，甚哀，顾谓众官曰："昔日吾与本初共起兵时，本初问我曰：'若事不辑，方面何所可据？'吾问之曰：'足下意欲若何？'本初曰：'吾南据河，北阻燕代，兼沙漠之众，南向以争天下，庶可以济乎！'吾答曰：'吾任天下之智力，以道御之，无所不可。'此言如昨，而今本初已丧，吾不能不为流涕也。"再拜而哭，甚哀。一代骁雄，曾经的至交，曾经的宿敌，而今却成一抔黄土，怎不令人哀婉叹息呢？

第 33 回②

惜奉孝

灭吕降关败绍翁，
时谋屡屡见奇功。
贞侯若不身先死，
赤壁焉能败火攻。

注：奉孝，即郭嘉，谥号贞侯，曹操帐下著名谋士，见识过人，先后助曹操灭吕布、降关羽、败袁绍、平乌桓、定辽东……每逢军国大事，总有奇谋，从无失算，功绩卓著。公元207年秋，因水土不服，气候恶劣，加上日夜急行，操劳过度，病死易州，亡年三十八岁。曹操称郭嘉在政治、军事方面的见识都超过同辈，是自己的"奇佐""欲以后事属之"。对郭嘉的去世，操非常痛惜，大哭曰："奉孝死，乃天丧吾也。"郭嘉死后的第二年，即公元208年，赤壁大战，孙刘联军用火攻大破曹军。惨败后的曹操时常悔恨曰："郭奉孝在，不使孤至此。"

第33回③

遗计定辽东

袁氏公孙本不容，
进征反促两结盟。
贞侯用缓生前计，
底定辽东万世功。

注：袁氏，指袁熙、袁尚两兄弟；公孙，即公孙氏，指公孙康，辽东太守；贞侯，郭嘉谥号。袁熙和袁尚兵败乌桓后，率数千骑逃往辽东投公孙康。夏侯惇引众人禀曹操曰："袁熙、袁尚往投，必为后患。不如乘其未动，速往征之，辽东可得也。"操从郭嘉遗书所言，按兵不动，众将皆疑。嘉遗书曰："今闻袁熙、袁尚往投辽东，明公切不可加兵。公孙康久畏袁氏吞并，二袁往投必疑，若以兵击之，必并力迎敌，急不可下。若缓之，公孙康与袁氏必自相图，其势然也。"诚如嘉所料，不多时，公孙康遣人献袁熙、袁尚首级于曹操。众皆踊跃称善。

第34回①

被酒小天下

曹操屈指数英雄，
刘备骄心暗自生。
被酒更添壮胸胆，
放言天下不足忡。

注：当年曹操与刘备在许都青梅煮酒，共论英雄，备尽举当世名士，操皆否之，而独指备与己曰："天下英雄，唯使君与操耳。"此言一出，令刘备惊恐失箸。惊其惊矣，却亦让他获得极大的心理暗示：我已是英雄！这一暗示，让刘备自信满满，雄心大长，言行举止自觉不自觉地流露出高傲和自大。某日，刘表邀刘备宴饮，席间重提煮酒论雄之事，表赞誉曰："以曹操之权力，犹不敢居吾弟之先，何虑功业不建乎？"备乘着酒兴，失口答曰："备若有基本，天下碌碌之辈诚不足虑也！"骄矜之色，溢于言表。刘表闻言默然。

第 34 回②

跃马檀溪

丰庆筵开祸近身，
檀溪一跃救王孙。
休言大难依龙马，
背负分明万乘君。

注：檀溪，位于襄阳城南。襄阳庆丰宴时，蔡瑁欲趁机杀害刘备，刘备闻讯，佯装如厕，即刻飞身上马，夺路而逃。行无数里，被一大溪拦住去路。溪阔数丈，水通湘江，其波甚紧。备见不可渡，勒马欲回，遥望城西尘土大起，追兵将至，急纵马下溪。行不数步，马前蹄忽陷，浸湿衣袍。备加鞭大呼曰："的卢，的卢，今日妨吾！"言毕，那马忽从水中踊身而起，一跃三丈，飞上对岸，备如从云雾中起。待瑁抽弓取箭，备已拨马望西南远去。跃马檀溪犹如一个寓言故事，预示着帝王之胄马上遇到将相良才；未来天子，即将一展宏图。

第35回①

林中拜隐

历险檀溪醒使君，

欲图大业觅高人。

牧童遥指林深处，

驻马趋身拜隐沦。

注：隐，隐沦，隐居世外的仙人，指司马徽，道号水镜先生；使君，时人对州官的尊称，这里指刘备。刘备历经檀溪险境后，如梦初醒，倍感势单力薄，便望南漳寻求高人指点。途中，牧童一眼认出破黄巾的英雄刘备后，热情有加，引备至林中庄院拜见水镜先生。备行二里余，庄前下马，趋步中门，见一人松形鹤骨，器宇不凡。童子指谓备曰："此即吾师水镜先生也。"备慌忙进前施礼。水镜请入高堂，分宾主坐定。先生谈古论今，备如饥似渴地聆听，并对自己百事无成、屡屡受挫的原因开始醒悟。此次拜隐是刘备人生的一次重大转机。

第35回②

大业短高人

了无寸土可凭身，
百事无成历苦辛。
聆得先生道龙凤，
方知大业短高人。

注：先生，水镜先生，即司马徽；龙，即卧龙诸葛亮；凤，即凤雏庞统。牧童引刘备寻得水镜先生。水镜问曰："明公何来？"备曰：偶尔经由此地。水镜笑曰："公今必逃难至此。"备以襄阳一事告之。先生问备何故如此落魄？备曰："命途多蹇，所以至此。"先生曰："不然，盖因将军左右不得其人耳。"备举关羽、张飞、赵云、孙乾、糜竺、简雍之流，先生曰："关、张、赵皆万人敌，惜无善用之人。孙、糜乃白面书生，非经纶济世之才也。"备急问奇才安在？先生曰："伏龙、凤雏，两人得一，可安天下。"备茅塞顿开，矢志寻龙觅凤。

第35回③

师拜徐元直

闻歌闹市拜元直,
托付三军首战时。
几路兵分克敌胜,
使君从此更尊师。

注:徐元直,即徐庶,别名单福,刘备帐下谋士,后来为保全母亲,投至曹营。刘备辞别水镜先生,回马新野,忽见市上一人长歌而来,问其姓名,答曰:"某姓单名福。久闻使君纳士招贤,欲来投托,未敢辄造,故行歌于市,以动尊听。"备大喜,拜为军师。适逢曹操遣曹仁来伐,元直受任,谓备曰:"可使关公引一军从左而出,以敌来军中路;张飞引一军从右而出,以敌来军后路;公自引赵云出兵,前路相迎,敌可破矣。"备从其言,即差关、张二人去讫,自与赵云引二千人马出关相迎,大败曹军。备首战告捷,深受鼓舞,越发尊师重才。

第 36 回①

徐母大丈夫

徐母受诳来许都，

恩威劝作唤儿书。

砚田怒掷曹丞相，

媪妪原来大丈夫。

注：徐母，即徐元直之母。曹操得知，曹仁屡次损兵折将，皆系徐元直为刘备设谋定计所致，遂赚徐母来许都，操厚待之，因谓之曰："闻令嗣徐元直在新野助逆臣刘备，背叛朝廷，诚为可惜。今烦老母作书，唤其回许都，吾于天子前保奏，必有重赏。"徐母闻言厉声曰："吾久闻玄德乃中山靖王之后，孝景皇帝阁下玄孙，屈身下士，恭己待人，仁声素著，世之黄童白叟、牧子樵夫皆知其名，真当世之英雄也。吾儿辅之，得其主矣。汝虽托名汉相，实为汉贼，乃反以玄德为逆臣，欲使吾儿背明投暗，岂不自耻乎？"言讫，取石砚砸向曹操。

第36回②

走马荐诸葛

十里送别山水重，
高贤此去再难逢。
元直忍见杨朱泪，
走马回途荐卧龙。

注：诸葛，诸葛亮，号卧龙；元直，即徐庶。徐庶辞别刘备回许都侍母，备万般不舍，送了一程又一程，至长亭下马相辞，庶涕泣而别。备立马于林畔，凝泪而望，却被一树林隔断。备命人伐木以眺庶影。正望间，忽见庶拍马而回曰："此间有一奇士，复姓诸葛，名亮，字孔明，在襄阳城外二十里隆中。"嘱备亲往求之。徐庶与诸葛亮是好朋友，深知诸葛亮才能远超自己，为何不早向刘备推荐，偏偏在告别后又匆匆回马以荐？不言而喻，刘备那煽情的眼泪是撬动徐庶恻隐之心的那根稻草。"徐庶走马荐诸葛"是三国时期标志性事件。

第 37 回①

躬耕别

床头黄卷伴残灯,
岗上松云掩卧龙。
向使皇叔不三顾,
南阳依旧乐躬耕。

注：诸葛亮在前《出师表》里自述曰："臣本布衣,躬耕于南阳。"据《三国志》记载,公元197年至207年,亮耕读于南阳卧龙岗,岗前疏林内茅庐中,即诸葛亮秉烛夜读处。亮自比管仲、乐毅,闲暇之余,常与崔州平、石广元、孟公威、徐元直等时英一起,或开怀畅饮、谈笑风生；或江湖泛舟、碧波垂钓……亮乐在其中。公元207年,因刘备三请三邀,亮方告别躬耕生活,跟随刘备,为备出谋划策,继而成就了千古名相之伟业。若不是刘备三顾茅庐,诸葛亮大概率会隐居隆中,日出而作,日落而息。即使满腹才华,也难免被滚滚红尘碾轧。

第37回②

二顾茅庐

漫天柳絮卷疾风，

遍地烂银封卧龙。

帝胄寻逐定国策，

求贤不悔两回空。

注：卧龙，即南阳卧龙岗。首次拜访不遇，三人回至新野。过了数日，备探得诸葛亮已回，便携关、张再次造访。时值隆冬，天气严寒。行无数里，忽然朔风凛凛，瑞雪霏霏，山如玉簇，林似银妆。张飞曰："天寒地冻，岂宜远见无益之人乎？"备责之。投至卧龙岗，已人困马乏，饥寒交迫。不料，亮又出外闲游，家中仅有令弟诸葛均，备怅然若失。张飞催曰："风雪甚紧，不如早归。"备叱止之。借来纸笔，留书致亮曰："备久慕高名，两次晋谒，不遇空回，惆怅何似！先此布达，容备再拜！"备将书递与诸葛均收了，拜辞出门。是为二顾茅庐。

第 38 回①

三顾茅庐

廿年是事俱成空，

西走东奔类转蓬。

向使斯人短一顾，

高山大野老英雄。

注：斯人，指刘备。刘备从公元 184 年桃园结义至公元 207 年三顾茅庐，东奔西走二十余年，身如蓬草飞絮，随风飘零，一事无成。访诸葛亮两次不遇，备欲再往之，关羽、张飞阻曰："礼太过，不宜再往。"刘备以齐桓公接见东郭野人、周文王拜谒姜子牙为例，说服二人再往隆中求贤。亮见其意甚诚，乃曰："将军既不相弃，愿效犬马之劳。"遂与备同归新野。刘备请来诸葛亮，如虎添翼，占荆夺益，鼎足三分，并于公元 221 年成就了帝王梦。不难想象，当初刘备一顾二顾不遇后，若不再三顾，与诸葛亮失之交臂，其人生势必如其所言，将垂老于深山老林矣。

第 38 回②

隆中对

谈笑胸中换斗星，
纵横舌上动雷霆。
茅屋坐论三分计，
羽扇轻摇两代丞。

注：隆中，位于襄阳城西约20里。公元207年冬至208年初春，驻军新野的刘备第三次到隆中拜访诸葛亮。亮在隆中茅屋里畅论天下大势，并为刘备擘画出谋取天下、复兴汉室的战略构想。亮提出，占据荆、益二州后，要保其岩阻，对内修明政治，发展经济，增强实力；对外西和诸戎，南抚夷越，稳定后方；同时结好孙权，组成抗曹联盟。后人将这番谈话称作"隆中对"。诸葛亮携"隆中对"登上历史舞台，并以"隆中对"为战略遵循，辅佐刘备避实击虚，不断发展壮大，最终形成鼎足之势，霸业得以实现。诸葛亮则成为当之无愧的两朝丞相。

第 38 回②

江表虎臣

年少习常水上飞,
时人唤作锦帆贼。
成童悔过读诸子,
北战南征展虎威。

注:江表虎臣,指甘宁,字兴霸,孙吴名将。宁少时不务正业,为非作歹,组成渠师,时常抢夺水上财物。因头插羽毛,身佩铃铛,崇尚奢华,人称"锦帆贼"。长大后悔过自新,开始读诸子百家。先投刘表、黄祖麾下,未受重用;率部投孙权后,开始建功立业。曾随周瑜攻曹仁,夺夷陵;跟鲁肃镇守益阳,对峙关羽;从孙权攻皖城,擒朱光;独率百余人夜袭曹营,斩得数十首级而归。逍遥津之战,他保护孙权蹴马趋津,死里逃生。甘宁虽然粗野凶狠,但开朗豪爽,有勇有谋,深得士卒拥戴。陈寿在《三国志》中将他列为"江表之虎臣"。

第 39 回①

曹操废三公

图谋篡汉废三公，
古往今来众口同。
辅佐君王至身死，
何曾曹相背初衷？

注：三公，三公制的简称，即由司徒、司空、司马共同构成中央权力中枢的中央行政体制。公元208年农历六月，曹操称霸北方后，废除三公制，恢复丞相制。废公复相旨在通过改革官制，集中权力，为统一天下做准备。然而，朝野上下皆疑曹操图谋篡汉。操反复辩解曰："或见孤权重，妄相忖度，疑孤有异心，此大谬也。孤常念孔子称文王之至德，此言耿耿在心。"历史证明，操至死未改初衷。千百年来"废公篡汉说"之所以经久不衰，主要是"拥刘反曹"的所谓正统观念作祟；其子曹丕篡位后，世人恨屋及乌，亦甩锅曹操。

第 39 回②

火烧博望坡

三千弱甲应强敌，
黄口军师遭众疑。
博望火烧声鹊起，
千年转世道刘基。

注：刘基，字伯温，元末明初政治家、军事家，明朝开国元勋，因计谋超人，常被后人比作诸葛武侯转世。民间广传"前朝军事诸葛亮，后朝军事刘伯温"。公元207年，夏侯惇率十万大军进讨盘踞新野的刘备。备兵马不过三千，年仅二十七岁的诸葛亮初任军师，韬略尚不为人知，遭质疑。诸葛亮依据博望坡南道路狭，山川相逼，树木丛杂之特征，用两千军于山中埋伏，五百军诱敌深入，五百军纵火。待夏侯惇催军赶杀至窄狭处，两边芦苇，忽然烧着，火势凶猛，伏军乘势赶杀，曹军死者不计其数。亮出奇制胜，首战告捷，令诸葛亮和博望坡声名大震。

第 40 回①

孔融悲

小时了了大同佳,
笔下春风催物华。
自恃才高轻肆口,
一人贾祸罪全家。

注：孔融，字文举，东汉末年官员，孔子第二十世孙，"建安七子"之首。融少时机智过人，勤奋好学，能诗善文，十分聪明。时太中大夫陈韪讽融曰："小时了了，大未必佳。"（小时聪明，大未必有才华）融当即用韪语逆推曰："想君小时，必当了了。"致韪进退无据。融出仕后，好抨议时政，且言辞激烈。屡屡侮慢曹操，惹操忌恨。公元208年秋，操率五十万大军伐刘备、刘表、孙权，融谏阻不成，毁操曰："以至不仁伐至仁，安得不败乎？"操以"谤讪朝廷""不遵超仪"等罪名将融处死，并株连全家。融卒年五十六岁。

第 40 回 ②

新野抗曹

曹操仗剑指荆襄，

九郡新君乞纳降。

刘备明知身是客，

却将弱甲抗豪强。

注：九郡，即荆襄九郡，指荆州、襄阳一带；新君，指刘琮，即刘表次子，荆州牧。公元208年秋，曹操挥师五十万南下，进攻荆襄。时荆州牧刘表方死，幼子刘琮继位。年方十四岁的幼主刘琮，受傅巽、蒯越、王粲等人左右，瞒过刘备，暗里遣宋忠去曹营请降。曹操接过降书，大喜，重赏宋忠。身为寄客的刘备，受故主刘表之托防守新野。新野乃山僻小县，人民稀少，粮草鲜薄，城郭不固，仅有区区三千兵马，无险可守。面对数十倍于己的曹操大军，本可弃城而逃，备却反宾为主，宁战不降。比似东道主刘琮之流，孰义孰勇，高下立见。

第 40 回③

火烧新野疑

地利天时并鬼妖，
总教刘备胜曹操。
前番博望遭回禄，
新野何来又火烧？

注：回禄，传说中的火神名，借指火灾。尊刘贬曹是《三国演义》一以贯之的立场。在罗氏笔下，刘备是正义的化身，是皇权的代表；曹操倒行逆施，是佞臣的代名词。正义一定要战胜邪恶，皇权必须降伏逆贼。无论曹操有多大优势，曹、刘交兵，刘备总是占上风：或天时地利，或神妖相助，或烈火灼烧……诸如此类，屡见不鲜。为了让刘备打败曹操，罗氏不惜笔墨，重复虚构火攻战例。前番博望坡一战，曹军刚被刘备大火烧得尸横遍野，转眼间，新野城再度被刘备火烧，这样描写，有失情理，不可信。据考，正史并无火烧新野记载。

第41回①

疑徐庶

别备投操到许昌，
元直不信但为娘。
若当锐意扶刘氏，
母去缘何反劝降？

注：徐庶，字元直，初为刘备帐下谋士，后投曹操；刘氏，指刘备。《三国演义》称，徐庶从刘备时，曹操赚来徐母，逼徐母作书唤徐庶回许都不成，令人伪造徐母手书，唤儿辞备回许。庶接家书，含泪辞备曰："本欲与使君共图大业，不幸老母被虏，方寸已乱，请允我北上侍养老母。"备不忍其母子分离，只好与庶挥泪而别……然而，曹操南征樊城时，徐母已逝，庶非但未再投备，反而为操做说客，躬亲樊城招降刘备，此时，备意欲留庶。庶完全可以滞留不归，他却以"某若不还，恐惹人笑"为由请辞，备不敢强留。徐庶当初辞备投操果为侍母乎？甚疑也。

第 41 回②

疑刘备

三千兵马走江陵，
挈妇将雏鸭步行。
尽道皇叔惜百姓，
焉知人盾掩逃生。

注：江陵，位于湖北荆州。公元208年，曹操率大军压境新野，剑指樊城刘备。备引三千兵马携樊城十万民众，大小车数千辆，挑担背负者不计其数，日行十数里，向江陵缓缓撤退。众将谏备曰："似此几时得至江陵？倘曹兵到，如何迎敌？不如暂弃百姓，先行为上。"备曰："举大事者，必以人为本。今人归我，奈何弃之！"据此，史书皆言，备拥众同行是怜悯百姓的仁爱之举。余不敢苟同。曹操南征，旨在一举歼灭刘备。面对数十万大军，刘备理当轻车简从，从速撤退才是。扶老携幼，鸭步鹅行，名曰不忍弃众，绑架民众做人肉盾牌亦未可知也。

第 41 回③

糜夫人赞

褴衫护斗困残垣，
屡拒将军扶马鞍。
舍命但为续刘嗣，
巾帼义勇不输男。

注：糜夫人，名绿筠，刘备夫人，史称"乱世沉香"；斗，阿斗，刘备幼子。公元208年农历九月，刘备于长坂坡大败，糜夫人左腿中枪，行走不得，衣衫褴褛，怀揣阿斗，坐于枯井旁啼哭。赵云寻见，急忙下马，伏地而拜。夫人将阿斗递与赵云曰："望将军可怜他父亲飘荡半世，只有这点骨血，将军可护持此子，教他得见父面，妾死无恨。"云三番五次扶夫人上马，夫人屡屡拒曰："不可。将军岂可无马？此子全赖将军保护。妾已重伤，死何足惜！望将军速抱此子前去，勿以妾为累也。"言罢，乃弃阿斗于地，翻身投入枯井而死。

第 42 回①

赵云护阿斗

长坂血染战袍红，

匹马单枪护幼龙。

百万兵锋拦不住，

归来阿斗梦眠中。

注：长坡，即长坂坡，位于今湖北省当阳市中心城区。公元208年，曹操南征荆州，在长坂坡追上刘备，备舍妻抛子逃走。赵云转身寻找到刘备妻小，糜夫人不肯拖累赵云，投井而死，留下嗷嗷待哺的阿斗。云解开勒甲条，放下掩心镜，护斗于怀中，绰枪上马。曹军一齐拥至，云乃拔剑乱砍。手起处，衣甲平过，血如涌泉，杀退众军将，直透重围，望长坂桥而走。行二十余里，见玄德与众人憩于树下，云喘息而言曰："适来公子尚在怀中啼哭，此一回却不见动静，多是不能保也。"遂解衣视之，原来阿斗正睡着未醒。云喜曰："幸得公子无恙。"双手递与玄德。

第 42 回②

刘备摔子

马上英雄生死间，
怀中幼主享安然。
时人不解皇叔意，
摔子笼心抵万言。

注：长坂坡战败后，刘备妻小被曹军重围。赵云九死一生救回幼主阿斗。备接过阿斗没有惊喜，反而斥之曰："为汝这孺子，几损我一员大将。"遂将阿斗掷于身后，幸得众将士接过，斗免摔于地。云接过斗泣拜曰："云虽肝脑涂地，不能报也。"刘备深得《孙子兵法》真谛：将帅不仅要有威武之仪，还要怀揣仁爱之心，仁爱兵卒，仁爱部下，凝聚军心方能克敌制胜。刘备"摔子"，除对赵云不顾自身安危，救护幼子壮举进行抚慰外，还教育和感化了在场的随从。他们暗忖：在刘备心中，将才比亲儿更重，吾等誓死随主，死而无悔！

第 42 回 ③

横马当阳桥

当阳横马吼如雷，
地坼天崩水倒回。
马上将军肝胆裂，
雄师百万弃枪盔。

注：当阳桥，又名长坂桥，位于湖北当阳市玉阳镇；将军，指夏侯杰（亦称夏侯霸），被曹操视为心腹将领。曹操引军追赵云至长坂桥，只见张飞怒目横矛，立马于桥上，恐是诸葛亮之计，不敢近前。飞厉声大喝曰："吾乃燕人张翼德也，谁敢与我决一死战！"声如巨雷。曹军闻之，尽皆股栗。飞睁目又喝曰："燕人张翼德在此，谁敢来决一死战？"曹操颇有退心。飞望见曹操后军阵脚移动，乃挺矛又喝曰："战又不战，退又不退，却是何故？"喊声未绝，曹操身边夏侯杰惊得肝胆碎裂，倒撞于马下。操回马便走，诸军众将，一齐望西逃奔。

第 42 回④

诸葛使江东

新失当败走樊城，
夏口奔来山水穷。
不是一人赴江左，
怎得西蜀起蟠龙。

注：新，新野；当，当阳。公元208年农历七月，曹操大军南征，刘备仓皇南逃，先后失新野，走樊城，败当阳，奔夏口，走投无路，形势万分紧迫。生死存亡之际，诸葛亮提出往投东吴孙权，以为应援，使南北相持，于中取利。备以为江东人物极多，必有远谋，恐不相容，犹豫不决。亮自告奋勇曰："亮借一帆风，直至江东，凭三寸不烂之舌，说南北两军互相吞并。若南军胜，共诛曹操，以取荆州之地；若北军胜，则我乘胜以取江南可也。"亮得备允诺，乘一叶扁舟往柴桑郡（今江西九江）来。诸葛亮此行促成孙刘联合抗曹，使刘备转危为安。

第43回①

舌战群儒

张昭据典说降曹,
趋附如潮逐浪高。
诸葛轻摇羽毛扇,
群儒座下任讥嘲。

注：张昭，字子布，吴国重臣。诸葛亮只身过江，游说东吴联合抗曹。时值曹操大军压境，吴营内外，气氛消沉，投降派占据上风。得知诸葛亮来为联吴抗曹做说客，以张昭为首的投降派，以刘备弃新野，走樊城，兵败当阳，计穷夏口为据，引经据典，大谈曹操不可敌，降则万安。座下群儒更是彼唱此和，轮番贬损诸葛亮。面对潮水般涌来的诘难，亮风流雅致，气宇轩昂，轻摇鹅扇，沉着应战，或旁征博引，或转换论题，或厉声责问，或反唇相讥，逻辑严谨，应答如流，令对手们一个个成"口"下败将，无言以对，最终促成孙刘抗曹联盟。

第 43 回②

激将孙仲谋

百万貔貅汹涌潮，
玄德孤力挽狂涛。
江东将广惜无勇，
恕我劝君降顺曹。

注：孙仲谋，即孙权，吴主。诸葛亮用三步激将法说服孙权共同抗曹：先虚夸曹军声势浩大，势不可当，令在座文武闻战失色；后实赞刘备，虽兵微将寡，但守义不辱，面对强敌，屡败屡战；再暗嘲孙权，虽有吴越之众，却多为惧刀避剑、屈膝求和之臣，不足以与曹操抗衡。进而激权曰："何不从众臣之议，按兵束甲，北面而事之？"权曰："诚如君言，刘豫州何不降操？"亮曰："刘豫州乃汉室之胄，盖世英雄，众士仰慕。事之不济，此乃天也，安能屈处人下乎？"权闻言，倍感羞辱，勃然变色，拂衣而起，退入后堂。即日商议起兵，共灭曹操。

第44回①

智激周公瑾

公瑾佯言降顺曹，
孔明就计举双乔。
铜台激起红颜怒，
刀斧加头志不摇。

注：周公瑾，即周瑜；双乔，即乔氏姐妹大乔和小乔，二人分别嫁与孙策和周瑜；铜台，即铜雀台，曹操公元210年建。诸葛亮欲游说周瑜抗曹，瑜知其意，佯曰："曹操以天子之名，其师不可拒。且其势大，未可轻敌，战则必败，降则易安。吾意已决，来日见主公，便当遣使纳降。"亮闻瑜言，将计就计建言曰："效范蠡献西施之计，献江东二乔于曹操，操得此二女，必卸甲卷旗而退矣。"瑜问曰："操欲得二乔，有何证验？"亮遂吟诵《铜雀台赋》。瑜闻"揽二乔于东南兮，乐朝夕之与共"句，勃然大怒，决意抗曹，刀斧加头，不易其志！

第 44 回②

斫案定乾坤

是降是战众纷纭，

吴主趋身问外臣。

闻道为国祈奋死，

挥刀斫案定乾坤。

注：外臣，指在中央机构以外（通常在京都之外）供职的地方大员，这里指周瑜。孙策临终前曾嘱孙权曰："内事不决问张昭，外事不决问周瑜。"曹操欲伐吴。吴主孙权每日与文武商议，有人主战，有人劝降，是战是降，权疑惑不决，召周瑜回柴桑计议。瑜曰："江东自开国以来，今历三世，安忍一旦废弃？"权问瑜意下如何？瑜曰："臣为将军决一血战，万死不辞。只恐将军狐疑不定。"权闻瑜言，立志抗曹，遂拔刀斫面前奏案一角，曰："诸官再言降操者，与此案同。"言罢，便将此剑赐予周瑜，即封瑜为大都督，统领三军抗曹。

第44回③

龙虎不同途

兄留胞弟事东吴，
弟劝胞兄赴蜀都。
守志夷齐一处死，
蕃朝龙虎不同途。

注：龙虎，史家称诸葛亮为龙，诸葛瑾为虎，瑾排行老大，亮排行老二，兄弟二人分属吴蜀；夷、齐，指殷商时期孤竹国国君墨胎初的长子伯夷和幼子叔齐。墨氏驾崩后，夷、齐互让君位而不就，并一起逃离孤竹国。武王灭商后，耻食周粟，采薇而食，直至双双饿死于首阳山下。诸葛亮出使东吴时，诸葛瑾以伯夷、叔齐生死不离为例，教亮留在东吴，以期手足旦暮相聚；亮曰："兄所言者，情也；弟所守者，义也。兄若能去东吴与弟同事刘皇叔，则上不愧为汉臣，而骨肉又得相聚，此情义两全之策也。"兄弟二人终因心志不同，各事其主，各奔前程。

第 45 回①

三国七不实

诛备周瑜有锐师，

岂因孤羽事机失？

人云演义三分假，

我谓三国七不实。

注：三国，指《三国演义》；备，刘备；羽，关羽。周瑜嫉妒刘备为世之枭雄，图谋以共议抗曹大计之名，诳刘备来夏口杀之。当得知刘备乘一小舟，随从仅二十余人后笑曰："此人命合休矣！"乃命五十名刀斧手藏于衣壁中，掷杯为号。酒过三巡，瑜把盏起身，猛见一人按剑立于刘备身后，形影不离。瑜得知斯人乃向日斩颜良、文丑之关羽后，大惊，汗流满臂。恐羽相害，瑜终未敢掷杯，任凭刘备从容离去……周瑜营寨锐师环围，射手林立，何惧落单孤羽？如此失实描写，旨在扬羽褒备，全方位贯彻以蜀汉为正统的观念。

第45回②

蒋干盗书

和衣横卧秽污床，
梦语雷鼾真假腔。
子夜残灯梁上客，
焉知黄雀候螳螂。

注：蒋干，字子翼，东汉末年名士，辩论家；真假腔，周瑜借梦语说真言，假雷鼾掩梦语，以假掩真，旨在让蒋干相信其梦中所言为真。闻蒋干来吴营劝降，周瑜大张筵席款待。饮至半酣，瑜佯装大醉，携干出帐，与干同眠。瑜合衣而卧，呕吐狼藉，忽而鼾声如雷，梦语喃喃，曰："子翼，我数日之内，教你看操贼首级……"干伏枕听时，军中鼓打二更，起视残灯尚明，便蹑手蹑脚来到案前，翻阅文书。忽见蔡瑁、张允"密书"，书略曰："但得其便，即将操贼之首，献于麾下。"干大惊，遂将书暗藏于衣内，潜步出帐，回见曹操。

第45回③

曹操中计

曹操遣干说瑜降，
反中周瑜妙锦囊。
一纸私书到曹寨，
蔡张转眼见阎王。

注：干，蒋干；瑜，周瑜；蔡、张，指曹营水军都督蔡瑁、副都督张允，二人精通水战。赤壁大战前夕，曹操派遣蒋干往江东说降周瑜。瑜将计就计，佯装大醉，与蒋干抵足而眠，故意让干盗走假蔡瑁、张允之名送来的"密信"。信云："某等降曹，非图仕禄，迫于势耳。今已赚北军困于寨中，但得其便，即将操贼之首献于麾下。早晚人到，便有关报。幸勿见疑，先此敬覆。"蒋干见"密信"，如获至宝，潜步出帐，返曹营以报。操见"密信"，怒不可遏，唤瑁、允入帐，不待辩解，喝令武士推出斩之。须臾，献头阶下，众将入问其故，操心知中计，却不肯认错。

第 46 回①

草船借箭

江天夜半雾茫茫，
骤雨疾风袭草墙。
待到平明碧空尽，
飞蝗十万送周郎。

注：飞蝗，指丛箭。周瑜限诸葛亮十日内监造十万支箭，亮则承诺只须三日，三日不办，甘当重罚。至第三日，亮筹来快船二十只，各船三十名军士，船用青布为幔，各束草人千余，分布两边做墙。是夜五更时分，大雾弥漫。船近曹军水寨，亮教船头西尾东一字摆开，船上擂鼓呐喊。曹操闻声，传令水军弓弩手乱箭射之。少顷，约万余人，尽向江中放箭，箭如疾风骤雨，皆射向草船。亮教把船头调回，头东尾西，逼近水寨受箭，一面擂鼓呐喊。待日出雾散，亮令收船急回。每只船两边束草上，插满箭支，足有五六千只，尽送周瑜。

第46回②

苦肉计

将军受杖未完身，
苦肉弗移报主心。
待到轻舟烧赤壁。
阿瞒中计始知深。

注：将军，指孙吴将领黄盖。赤壁大战前，周瑜与黄盖定"苦肉计"以诈降曹操。某日，瑜传令各路将领来帐下共议抗曹大事。黄盖进言曰：曹军锐不可当，"不如弃甲倒戈，北面而降之"。瑜闻言大怒，以盖懈慢军心为由，喝令"速斩"。众官跪地求免。瑜命左右拖翻："打一百脊杖，以正其罪。"众官又复苦告求免。瑜叱退众官，喝教行杖。将盖剥了衣服，拖翻在地，打了五十脊杖。众官扶起黄盖，打得皮开肉绽，鲜血逆流，扶归本寨，昏厥几次。动问之人，无不下泪……二人假戏真做，令曹操对黄盖背瑜归降深信不疑。直到盖轻舟载火烧毁战船，操方省悟。

第 47 回①

阚泽辩降期

来使约降时不明,
曹操疑诈欲决刑。
阚生鄙笑无学辈:
家盗岂能期日行?

注:阚泽,吴国学者、大臣,辩才无碍,少有胆气。赤壁大战前夕,阚泽受黄盖之托出使曹营,向曹操献诈降书。操见书中未约定降期,断定有诈,教左右将使者阚泽推出斩之。泽临危不惊,仰天大笑曰:"岂不闻背主作窃,不可定期?倘今约定日期,急切下不得手,这里反来接应,事必泄露。但可觑便而行,岂可预期相订乎?汝不明此理,欲屈杀好人,真无学之辈也。"操闻言改容,下席而谢曰:"某见事不明,误犯尊威,幸勿挂怀。"泽曰:"吾与黄公覆倾心投降,如婴儿之望父母,岂有诈乎!"操大喜,取酒待之,不再疑。

第47回②

蒋干再中计

前度无功空盗书，
虚实觇探又来吴。
欲为曹相荐高士，
孰料凤雏谋更毒。

注：蒋干，字子翼，曹操手下谋士；凤雏，即庞统，时为周瑜功曹，善计谋。赤壁大战在即，曹操连得孙吴两封归降书，俱未可深信，心中疑惑不定。蒋干深愧前日劝降无功，盗书反遭算计，愿再往江东为曹操觇探吴营虚实。是时，周瑜与庞统正图谋连环计，适逢干至，瑜有意安排干与统不期而遇。干遇庞统，喜出望外，将统引荐于操。操闻凤雏来投，兴奋不已，置酒共饮，同说兵机。统闻曹营水军不服水土，俱生呕吐之疾，多有死者，便以减轻舰船颠簸为由，献连环计于操。操大喜，依计将大小战船首尾连锁。此举正中周瑜火烧战船计。

第47回③

连环误

江北轻舟合巨艟，

行人走马步闲庭。

殷冬怎奈南风起，

万丈云帆烟火中。

注：殷冬，旧历十一月。曹操采纳庞统建议，传令军中工匠连夜打造连环大钉和铁索，将大小船只搭配，或三十一排，或五十一排，首尾用铁索相连，上铺阔板。任凭风起潮涌，人马行走，如履平川。诸军闻之，俱各喜悦。公元208年农历十一月某日，南风突起，江南吴军趁势点燃二十只轻舟，舟上装满浇了油脂的芦苇和干柴，顺风径驶江北水寨。水寨船体相连，欲分不能，风助火势，火借风威，一燃俱燃。大火波及岸上营寨，曹军人马烧死、溺死者甚众，曹操大败，率残部北返。战船连环是火烧赤壁并导致曹操战败的重要原因。

第 48 回①

冷血徐庶

识破连环险恶心，
元直临战自逃身。
可怜百万鲜活命，
尽付一身冷血人。

注：元直，即徐庶，初为刘备帐下谋士，后因回家侍奉老母，归顺曹操。徐庶识破庞统为曹操献连环计的险恶用心后，隐情不报。为图脱身，暗中散布"西凉韩遂、马腾谋反，正杀奔许都"的谣言。大战在即，操闻传言大惊，急聚众谋士商议。庶趁机自告奋勇曰："庶蒙丞相收录，恨无寸功报效。请领三千兵马，星夜往散关，把守隘口。如有紧急，再行告报。"操大喜，遂命庶统三千马步军星夜前去。名曰替主解忧，实则金蝉脱壳，远离十死之地。徐庶躬身曹营，世食汉禄，置百万将士性命于不顾，谎造警信，只身脱逃，何等自私与冷血！

第48回②

横槊赋诗

月朗星稀乌鹊飞，
孟德横槊畅心扉：
周公不厌三回吐，
天下英才何不归。

注：孟德，即曹操；周公，姬姓名旦，西周开国元勋，杰出的政治家，采邑在周，故称。赤壁大战前夕，即公元208年农历十一月十五，天气晴明，平风静浪。曹操令置酒设乐于大船之上。天色向晚，东山月上，皎皎如同白日，长江一带如横素练。操坐船上，侍御者数百人，各依次而坐。酒过三巡，时操已醉，乃取槊立于船头，以酒奠于江中。仰望星空，月明星稀，忽闻鸦声，望南飞鸣而去。操触景生情，即兴吟咏《短歌行》。歌尾曰："月明星稀，乌鹊南飞。绕树三匝，无枝可依。山不厌高，水不厌深。周公吐哺，天下归心。"曹操求才若渴之心和一统天下之志溢于言表。

第 49 回①

英雄痛亦通

破曹欲用火神攻,
万事俱全只欠风。
一纸密书纾块垒,
英雄痛处亦相通。

注:大战在即,周瑜引众将立顶遥望江北,猛然想起一件心事,大叫一声,口吐鲜血,卒倒于地,不省人事。鲁肃引来诸葛亮问诊。亮谓瑜曰:"须先理其气,气若顺,则呼吸之间自然痊可。"瑜料亮必知其意,乃以言挑之曰:"欲得顺气,当服何药?"。亮索来纸笔,屏退左右,密书十六字曰:"欲破曹公,宜用火攻,万事俱备,只欠东风。"写毕,递与周瑜曰:"此都督病源也。"瑜见了,大惊,暗思:"孔明真神人也,早知我心事,只索以实情告之。"乃笑曰:"先生已知我病源,将用何药治之?"亮遂告筑坛祭风事。

第 49 回②

诸葛祭东风

九尺高坛盘巨龙,
焚香顶礼祭东风。
三更夜半旌幡动,
飘起东南正仲冬。

注：周瑜闻诸葛亮有呼风唤雨之功，便令军士取东南方赤土筑坛，名曰：七星坛。坛高九尺，方圆二十四丈。用一百二十人，手执旗幡围绕。公元208年农历十一月二十日甲子吉辰，亮沐浴斋戒，身披道衣，跣足散发，缓步登坛，观瞻方位已定，焚香于炉，注水于盂，仰天暗祝。亮嘱守坛将士，不许擅离方位，不许交头接耳，不许失口乱言。亮一日上坛三次，下坛三次，却并不见有东南风。是夜，天色晴明，微风不动，众人皆疑。将近三更时分，忽听风声响，旗幡微动。瑜出帐看时，旗脚竟飘西北，霎时间，东南风大起，瑜骇然。是时正值仲冬。

第49回③

曹公憾

平幽收绍定辽东，

待取江南万世功。

怎奈东风不与便，

曹公美梦霎时空。

注：幽，幽州，指黄河以北广大地区；绍，袁绍；辽东，指辽宁省东部和南部地区。曹操自起义兵以来，破黄巾，擒吕布，灭袁术，收袁绍，深入塞北，直抵辽东，纵横天下，威震四方，颇不负大丈夫之志。正如其所言："所未得者江南也。"公元208年冬，操兵临赤壁，欲乘朔风南下，一举收复江南，建万世之功。然而，时值冬季，朔风未起，东南风反助孙刘联军的火船直入江北曹军水寨。火趁风威，风助火势，连环战船被付之一炬。火势延及岸上营寨，曹军死伤过半，操被迫北逃。火烧赤壁，阻断曹操统一天下的步伐，实为操一生憾事。

第 50 回①

义释华容道

兵折赤壁走华容，
偏与冤家狭路逢。
因念当年恩义重，
关公松手放蛟龙。

注：曹操兵败赤壁，引三百余骑残兵败将取华容道遁逃，被关羽五百校刀手堵截。曹军人倦马乏，不能复战，是生是死，皆于关羽股掌之间。操纵马向前，欠身施礼曰："曹操兵败势危，到此无路，望将军以昔日之情为重。"羽想起当日曹操许多恩义，与后来过关斩将之事，很是动心。又见曹军惶惶，皆欲垂泪，一发心中不忍。于是把马头勒回，谓众军曰："四散摆开。"操见羽回马，便和众将一齐冲将过去。羽回身时，曹操已与众将过去了。羽大喝一声，众军皆下马，哭拜于地。羽见了，愈加不忍，长叹一声，并皆放去。

第50回②

劫后思郭嘉

劫后生还形影只，
仰天号恸肺心撕。
"倘如奉孝今犹在，
怎会教吾有此失！"

注：郭嘉，字奉孝，曹操首席谋士，定谋设计，从无失算，英年早逝。曹操既脱华容之难，历尽坎坷，行至谷口，回顾所随军兵，仅剩二十七骑，各个狼狈不堪。操点将校，中伤者极多，操皆令将息。曹仁置酒为操压惊，众谋士俱在座。坐至夜半，操忽仰天大恸，裂心撕肺。众谋士曰："丞相于虎窟中逃难之时，全无惧怯，今到城中，人已得食，马已得料，正须整顿军马复仇，何反痛哭？"操曰："吾哭郭奉孝耳！若奉孝在，决不使吾有此大失也！"遂捶胸大哭曰："哀哉奉孝！痛哉奉孝！惜哉奉孝！"众谋士皆默然自惭。

第51回①

勇烈周公瑾

火烧赤壁勇无前,
血战江陵一命悬。
公瑾报国轻万死,
马革何幸裹尸还!

注:周公瑾,即周瑜,吴军统帅、大都督。赤壁大战时,吴军不足十万,面对假天子之名、号称百万雄师的曹操,身为吴军统帅的周瑜,凭勇往直前的战斗意志,履险蹈危,敢打敢拼。先后用反间计、连环计和苦肉计,烧毁曹操连环舰船,创造了以弱胜强的著名战例。赤壁大战后,周瑜又血战曹仁于江陵,身中流箭,被人救回帐中,拔出箭头,疼不可当,饮食俱废。医嘱曰:"需疗养时日。"瑜不顾医嘱,于病榻上奋然跃起曰:"大丈夫既食君禄,当死于战场,以马革裹尸还,幸也。岂可为我一人而废国家大事乎?"言讫,即披甲上马。

第51回②

一气周瑜

赤壁烟消割据忙，
玄德一举取荆襄。
周郎闻讯金疮裂，
恨为他人做嫁妆。

注：荆襄，指荆襄九郡，其中南郡由曹魏辖治。赤壁大战后，孙权与刘备皆觊觎曹操手中的南郡。双方约定，由孙吴先攻取，孙吴若取不成，再由刘备攻取。周瑜在攻取南郡时中曹操计，误入瓮城，被弩箭射中左肋，翻身落马，大败而归。当曹军趁势出城劫掠周瑜营寨时，诸葛亮趁机让赵云夺得南郡。亮自得了南郡，遂用兵符星夜诈调荆州守城军马来救，却教张飞袭了荆州；又差人赍兵符，诈称曹仁求救，诱襄阳夏侯惇引兵出却，令云长夺了襄阳。三处城池，全不费力，皆属刘备。周瑜闻讯，恼羞成怒，大叫一声，金疮迸裂。是为一气周瑜。

第 52 回①

智取四郡

孙权北上抗曹急,
刘备南征策马疾。
假藉宗侄承父业,
降伏四郡尽归依。

注:公元208年农历十一月,曹操虽兵败赤壁,却依然是北方最强大的势力。为扩大战果,应对曹军反扑,孙权在江北火速开辟两个抗曹战场:周瑜引军攻打江陵,孙权挥师进攻合肥。刘备趁孙吴无力南顾之机,表奏已归附自己麾下的宗侄——刘表长子刘琦为荆州刺史,继承父业,以安民心。随后假借荆州新主之名,南征原归旧主刘表的武陵、长沙、桂阳、零陵四郡,积收钱粮,以为根本。荆南四郡在刘备大军威逼下,太守们或降或逃,纷纷归顺。刘备智取荆州南四郡,不仅使自己的事业起死回生,还为争夺天下提供重要根基。

第 52 回②

赵云拒娶

壮士形单少妇孤，
机心太守促合独。
"汝吾既是族昆弟，
兄嫂焉能嫁小叔？"

注：壮士，指赵云；少妇，指桂阳郡太守赵范之寡嫂樊氏；太守，指桂阳郡太守赵范。赵云率军占领桂阳郡，太守赵范被迫投降赵云。因二人同姓，同岁，又同乡，便按年庚结为兄弟。云长范四个月，范拜云为兄。范先兄弃世已三载，寡嫂樊氏，有倾国倾城之色，矢言三不嫁，即非文武双全、名闻天下者不嫁；非相貌堂堂、威仪出众者不嫁；非赵姓不嫁。见赵云正合寡嫂所言，范愿陪嫁资，将其嫁云，以结累世之亲。云闻言，大怒而起，厉声曰："吾既与汝结为兄弟，汝嫂即吾嫂也，岂可作此乱人伦之事乎？"遂甩门而出，范羞惭满面。

第53页①

黄忠贞

将军战败自责深，
托病闭门思故君。
俯首但求东葬主，
孤茔千古诉忠贞。

注：黄忠，字汉升，东汉末年刘备麾下名将，先从长沙太守韩玄，战败投降刘备后，为刘备立蜀复汉立下汗马功劳。黄忠为人正直、忠诚，一生重视尊严和节操，在长沙颇有威望。长沙失守后，韩玄被杀，忠用白布蒙脸，日日哭泣。想到自己将归顺刘备，改换门庭，越发怀念韩玄，深感有负信任，内心十分愧疚，无颜面对，便托病闭门不出。刘备闻言，亲往忠宅相邀。忠勉为其难，出门相迎，但祈一事，即葬韩玄尸首于长沙之东，以彰其贵，否则宁死不降。备慕其忠，应允所求。千百年来，坐落在长沙市中的韩玄墓，一直在默默地诉说着黄忠之忠。

第 53 回②

魏延冤

皇叔初见爱由衷，
怎奈军师意不同。
牙将丹心昭日月，
终教反骨害一生。

注：魏延，字文长，刘备入川时，因数有战功，被封为牙门将，深受刘备钟爱；军师，指诸葛亮；魏延斩杀长沙太守韩玄救出黄忠后，引百姓出城投拜关羽。关羽引魏延拜见刘备、诸葛亮，尽言其功，备敬之，亮喝令刀斧手推下斩之。备惊问亮曰："魏延乃有功无罪之人，军师何故欲杀之？"亮曰："食其禄而杀其主，是不忠也；居其土而献其地，是不义也。吾观魏延脑后有反骨，久后必反，故先斩之，以绝祸根。"经备劝阻，延得以活命。延从备事蜀二十余年，立下不世之功。然而，诸葛亮空口无凭的"反骨论"却害了魏延一生。

第 53 回③

君贵臣荣

吴侯下马候先生，
觑问为臣可显荣？
"在下期君成帝业，
肃名同载史书中。"

注：吴侯，即孙权，权曾受封南昌侯；先生，指鲁肃，字子敬，吴国大都督。孙权与鲁肃是主仆关系，又是朋友关系。鲁肃深受孙权器重，被权尊称为"先生"。赤壁之战曹操败走后，鲁肃回吴。闻鲁肃将至，孙权乃持鞍下马候之。众将官见权如此敬肃，皆大惊异。肃见状，受宠若惊，慌忙滚鞍下马施礼。权请肃上马，并辔而行，密谓曰："孤下马相迎，足显公乎？"肃曰："未也。"众人闻之，无不愕然。权曰："然则何如而后为显耶？"肃曰："愿明公威德加于四海，总括九州，克成帝业，使肃名书竹帛，始为显矣。"权抚掌大笑。

第 54 回①

皇叔负诺

公子归西荆复吴，
一言九鼎自皇叔。
风尘千里追前诺，
鲁肃空得一纸书。

注：皇叔，指刘备；公子，指刘琦，刘表之子，时为荆州新主，疾病缠身。赤壁大战后，刘备投机取巧，占据本该由东吴获取的荆州。孙权派鲁肃前往索要，备推托不还。经再三追问，刘备承诺待刘公子弃世后归还。诺许当年，刘公子去世。鲁肃闻讯，以吊丧名义，辗转追寻到刘备，请他兑现承诺。刘备与诸葛亮先是威胁，后是狡辩，见鲁肃软硬不吃，又推托称，暂借荆州为本，待图得西川后再归还荆州。肃无奈，只得听从。鲁肃要刘备亲笔写成一纸文书，与保人诸葛亮押字后收下。就这样，刘备用一纸借据，打发鲁肃再次空手回到江东。

第 54 回②

恨 石

孙刘买卦恨击石,
明讨公敌暗济私。
默默佛前多少愿,
人心深处复谁知?

注:恨石,位于江苏镇江北固山。刘备在吴国成亲期间,与孙权在甘露寺前拔剑击石卜卦。备仰天祝曰:"若刘备得勾回荆州,成王霸之业,一剑挥石为两段;如死于此地,剑剁石不开。"言讫,手起剑落,火光迸溅,砍石为两段。权问曰:"玄德公如何恨此石?"备曰:"恰才问天买卦,如破曹兴汉,砍断此石,今果然如此。"权暗思:"刘备莫非用此言瞒我?"亦掣剑谓备曰:"吾亦问天买卦,若破得曹贼,亦断此石。"却暗暗祝告曰:"若再取得荆州,兴旺东吴,砍石为两半。"权手起剑落,巨石亦开……二人明祝与暗告,大相径庭,天机可演,人心难测矣!

第54回③

假戏成真

周瑜意欲讨荆州，
假藉联姻赚蜀刘。
诸葛将机施妙计，
乘龙快婿入闺楼。

注：蜀刘，即刘蜀，这里指刘备。得知刘备没了甘夫人，周瑜献计孙权曰：教人去荆州为令妹做媒，说刘备来入赘，赚到南徐，幽囚狱中，使人去讨荆州换刘备。权从瑜计，派吕范为使往荆州做媒。诸葛亮将计就计，教备一行乘快船来到南徐，依计先拜访德高望重的乔国老，祈乔老做媒，并在吴都广传孙刘联姻讯息，造成联姻既成事实的舆论氛围。在乔国老说合并多方因素共同作用下，吴国太对刘备厚爱有加，最终首肯此门亲事。孙权、周瑜见假戏成真，向吴国太禀报实情，意欲阻婚，却被国太怒骂，并教孙夫人当日与刘备完了婚。备喜出望外。

第 55 回①

君心难易

竟夜红烛映玉门,
风情月意乱离魂。
夫人曲劝轻天下,
不易郎君鼎峙心。

注:夫人,即孙夫人,刘备妻。孙、刘联姻弄假成真后,周瑜大惊,坐立不安,再向孙权献计。孙权依周瑜计,大修东府,广栽花木,盛设器用,请刘备与妹居住;又增女乐数十人,并金玉锦绮玩好之物供刘备享用,使他沉迷其中,以丧其志;孙夫人整日蜜意缱绻,娱备耳目,以疏关、张之情,隔诸葛之契,绝荆州之念;日久天长,使彼各生怨望,然后再图荆州。刘备深居画堂,疑似被声色所迷,乐不思蜀,实则韬光养晦,寻机脱身。孙夫人不仅未能说服夫君留江东,反而被刘备说服,并于公元 210 年岁旦随刘备一起回到荆州。

第 55 回②

孙夫人

气似男儿身是姑,
携枪带剑嫁皇叔。
随夫归省遭截堵,
叱喝一声退武夫。

注：孙夫人，即孙尚香，孙权胞妹，刘备妻。孙夫人男儿气势，娇女容姿，自幼喜好舞枪弄棒，常以与人击剑为乐；性格桀骜不驯，刚强勇猛，有父兄风范，人称"枭姬"。其身边一百余名侍女皆为带刀好手，随夫人嫁与刘备后，执刀护卫。公元210年正月元旦，备说服孙夫人与自己一起回荆州省亲、祭祖。二人瞒过醉酒的胞兄孙权，以去江边祭祖为名，得国太恩允，借机率五百军士及随身侍女，前遮后拥，离了南徐，向荆州趱程而行。孙权得知走了刘备，怒不可遏，几番令将士沿途兼程追赶、堵截，均被孙夫人厉声喝退。

第 56 回①

大宴铜雀台

邺城新立雀铜台,
文武熙熙朝庆来。
跃马横枪竞高下,
曹公把盏阅雄才。

注:铜雀台,位于邯郸市临漳县城西南 18 公里处,为曹操所建,台高十丈,千门万户,金碧交辉;邺城,遗址在今河北省临漳县西、河南省安阳市北郊一带。公元 210 年春,曹操为昭示权威,在铜雀台大宴群臣。操头戴嵌宝金冠,身着绿锦罗袍、玉带珠履,凭高而坐,文武侍立台下。乐声竞奏,水陆并陈,文官武将,轮次把盏,觥筹交错。操令武官比弓试箭,下设一箭垛,以百步为界,射中箭垛红心者,即以锦袍赐之;命文官舞文弄墨,进献诗章,操逐一奖赏。曹操借铜雀台落成之机,大宴群臣,发现并笼络人才,为日后统一北方打下基础。

第56回②

乱世枭雄

汉家日暮起强梁，
虎踞龙盘裂土疆。
不是一人生乱世，
几人称帝几人王？

注：东汉末年，朝廷腐败，边疆战事不断，宦戚争斗不止，国势日趋疲弱，黄巾军揭竿而起，皇权更加衰落。董卓入朝后祸国殃民，各种政治势力，趁机坐大，盘踞一方，进而对皇位垂涎三尺，跃跃欲试。为避免倒悬之危、累卵之急，曹操以天子名义征讨四方：灭袁术，破吕布，收袁绍，定刘表，降张鲁，平马超……时人称曹操"乱世之枭雄"。殊不知，正是这个乱世枭雄，挟天子以令诸侯，才将一个个准皇帝剿灭在萌芽状态，山头林立的北方才得以平定。诚如曹操所感言的那样："如国无孤一人，正不知几人称帝，几人称王。"

第 56 回③

三气周瑜

周瑜假道取荆州，
诸葛料敌施远谋。
眼见皇叔将做虏，
几番算定又输筹。

注：刘备和诸葛亮以攻取西川后再归还荆州为由，久拖不还。周瑜以替刘备收取西川为名，借道荆州，企图趁备出城劳军之机，出其不意，攻其不备，将备俘为囚虏，乘势杀入城来，一举收回荆州。诸葛亮识破其假道伐虢之计，将计就计，预先在荆州四周设伏，待周瑜率五万水陆大军入境荆州时，关羽从江陵杀来，张飞从秭归杀来，黄忠从公安杀来，魏延从彝陵杀来，四路正不知多少军马，喊杀声由远至近，震动百余里，皆言"活捉周瑜！"瑜闻声，怒气填胸，箭疮复裂，坠于马下，仰天长叹曰："既生瑜，何生亮！"连叫数声而亡。是为三气周瑜。

第 57 回①

英雄相惜

一幅祭文追往年，
三杯醇酒倒胸肝。
时人不解孔明泪，
天下英雄多记怜。

注：诸葛亮赴柴桑为周瑜吊孝，鲁肃以礼迎接。亮设祭物于灵前，亲自奠酒，跪于地下，读祭文曰："呜呼公瑾，不幸夭亡。修短故天，人岂不伤！我心实痛，酹酒一觞……想君当年，雄姿英发；哭君早逝，府地流血。忠义之心，英灵之气，命终三纪，名垂百世。哀君情切，愁肠千结。惟我肝胆，悲无断绝……"当诵至"从此天下，更无知音"时，失声痛哭。祭毕，伏地大哭，泪如泉涌。时人称亮哭瑜是虚情假意，余不以为然。人的情感是复杂的，周瑜不仅是诸葛亮的宿敌，更是一位可并驾齐驱的英雄，英雄相惜，人情之常也。

第57回②

庞统屈就

黑面掀鼻貌不扬，

心高气傲性乖张。

南州士子才八斗，

便是奇形屈耒阳。

注：庞统，字士元，号凤雏，《三国志》称其为南州士子，刘备帐下重要谋士。统黑面短髯，浓眉掀鼻，形容古怪，相貌奇丑；恃才傲物，桀骜不驯。才智与诸葛齐名，谋略同孙武比肩。人称"卧龙、凤雏，得一可安天下"。鲁肃引庞统拜见孙权，权恶其神形，厌其狂妄，却之未用；肃又作书荐于刘备，称庞统非百里之才。统来荆州见备，妄自尊大，长揖不拜，亦不取鲁肃荐书投呈。备见统容貌丑陋，傲慢少礼，心中亦不悦，曰："荆楚稍定，苦无闲职，此去东北一百三十里，有一县名耒阳县，缺一县宰，屈公任之，如后有缺，却当重用。"统只得勉强相辞而去。

第 58 回①

修书救吴

曹魏大军伐弱吴，

孙权遣使乞皇叔。

戚言唤起西凉恨，

联马救吴一纸书。

注：西凉，位于甘肃河西地区，马超起家之地。曹操趁刘备西取蜀川、无力东顾之机，欲起大兵三十万，径下江南，讨伐孙吴。孙权急遣使赍书到荆州，乞刘备同力拒曹。备修书于西凉马超，教超兴兵入关，令曹操无暇下江南，备闻计大喜，即时作书。书中先提念超父马腾，超兄马休、马铁惨遭曹操戕害之痛，言辞忧戚；后约超率西凉之兵攻曹操之右，备举荆襄之众遏曹操之前，共报令父令兄之仇。马超览罢，悲愤填膺，挥涕回书。随后便起西凉兵马二十万杀奔长安。曹操得知长安失守，又探得荆州刘备正摩拳擦掌，不敢复议南伐孙吴之事。

第58回②

潼关蹾险

衣着耀眼弃红袍，

剑断长髯躲马超。

闻道缉拿短须者，

撕旌裹面落荒逃。

注：潼关，位于今陕西省渭南市潼关县北，关中平原东端。公元211年，曹操于潼关战败，望风而逃。身后马超、庞德、马岱引百余骑，直入中军，来捉曹操。操在乱军中，只听得西凉军大叫："穿红袍的是曹操！"操急脱下红袍。又听得大叫："长髯者是曹操！"操惊慌，掣所佩刀断其髯。忽又听人大喊："拿短髯者是曹操！"操闻知，即扯旌旗一角，包颈掩腮而逃。马超在背后厉声大叫曰："曹操休走！"操惊得马鞭坠地，幸被曹洪抡刀纵马拦住。操历此险境，感慨地说："马儿（马超）不死，吾无葬身之地矣！"

第 58 回③

渭水涉难

舟车楫马往如梭，
会剿贼师过渭河。
孟起神出击半渡，
阿瞒几近被擒捉。

注：渭水，即渭河，黄河的最大支流，全长818公里，这里指渭南段；孟起，即马超；半渡，指部队尚未全部渡河完毕或整个部队方过河流中线；阿瞒，曹操乳名。曹操潼关蹑险后，命徐晃、朱灵径袭渭河西，自领兵北渡以合击叛军马超。马超探得曹操进军方案后，改北岸拒敌为南岸擒操。当日，曹操带精兵百余人在南岸断后，待曹兵渡至河心，马超万余人突袭南岸。许褚见状，拖曹操急步上船，船方离岸，褚负操一跃上船，尽将船上将士砍下水，护操遁逃。马超拈弓搭箭，驾舟人应弦落水。褚一手使篙撑船，一手举鞍护主，曹操侥幸逃脱。

第 59 回①

许褚退马超

阵前孟起欲擒操,
忽见彪躯两肋刀。
借问虎侯何处在?
家门自报退雄枭。

注：许褚，字仲康，赐号"虎侯"，曹操帐下猛将；马超，字孟起，蜀汉名将，一代枭雄；操，曹操。公元211年，曹操与马超战于渭河。操自乘马出营，只有许褚一人随后。操扬鞭大呼曰："孟德单骑至此，请马超出来答话。"马超乘马挺枪而出。操问曰："汝何不早降？"马超闻言大怒，意欲突前擒之，见身后一人容貌雄毅，睁圆怪眼，两肋插刀，勒马而立。马超疑似许褚，乃扬鞭问曰："闻汝军中有虎侯，安在哉？"许褚提刀大叫曰："吾即谯郡许褚也！"目射神光，威风抖擞。马超不敢动，乃勒马回。两军观之，无不骇然。

第 59 回②

抹书间韩遂

文约私受孟德书，
要处偏偏遭抹涂。
锦马疑猜个中意，
叔侄从此两心疏。

注：韩遂，字文约，汉末群雄之一；孟德，即曹操；锦马，马超别名，蜀汉名将。韩遂与马超之父马腾结为异姓兄弟，韩遂与马超则以叔侄相称。马腾被曹操杀害后，马超为报父仇，联遂伐操。操为构间遂、超，在给遂书信的要害处故意涂抹后封送。马超闻曹操信至，心疑，径来遂处索看。见要害处有改抹字样，问遂曰："书中如何都改抹糊涂？"遂曰："莫非曹操错将草稿误封来了？"超曰："吾又不信。曹操是精细之人，岂有差错？吾与叔父并力杀贼，奈何忽生异心？"超寻思：必是叔父怕我知了详细，先改抹了。从此心存芥蒂。

第 59 回③

五斗米道

教化汉中逾卅年，
施食义舍济民艰。
公祺米道行微善，
庇佑苍生乃大贤。

注：五斗米道，也叫天师道，因入道者须出五斗米，故名；公祺，即张鲁，东汉末年军阀，承祖业，为五斗米道的第三代天师。教民守诚信，不欺诈，忌杀生，禁酗酒；又盖义舍，舍内饭米柴火肉食齐备，许过往人量食多少，自取而食，多取者受天诛。境内有犯法者，必恕三次，不改者，然后施刑。所在并无官长，尽属祭酒所管。如此雄踞汉中三十余年。其善举于穷苦大众虽是杯水车薪，但数十年如一日，施恩布德，教化一方，泽被四邻，在那个时代，亦堪称大德大贤了。毛泽东称张鲁此举"有种社会主义的作风"。

第60回①

孟德烧新书

松称新作窃陈牍，
蜀地咸知问幼孺。
曹相疑狐暗合古，
恐遭诟病怒烧书。

注：新书，指《孟德新书》。该书是曹操总结半生军事生涯，创新的一部军事理论著作，共十四篇，唐朝以后失传；松，即张松，时为益州别驾。张松出使许都，因不受曹操待见，对操不满，称曹丞相文不明孔孟之道，武不达孙吴之机，专务强霸而居大位。主簿杨修反驳道："公居边隅，安知丞相大才乎？"便以《孟德新书》示之。松看毕，大笑曰："此书吾蜀中三尺小童亦能暗诵，何为新书？此是战国时无名氏所作，曹丞相盗窃以为己能，止好瞒足下耳。"遂从头至尾朗诵一遍，并无一字差错。操闻后大惊，疑新书暗合古人，令碎而烧之。

第 60 回②

轲松献图

易水西风霜雪服,
图穷碧血染秦都。
求荣卖主悲歌后,
远涉千山献蜀图。

注：轲，荆轲，战国末期卫国人，后游历到燕国；松，张松，益州别驾；易水，易河，源于河北易县。公元前227年，荆轲为保全燕国国土，以割土献图之名，前往秦国行刺秦王。临行前，燕太子丹等人身着白服来到易水边，同唱《易水歌》为轲送行，歌曰："风萧萧兮易水寒，壮士一去兮不复还！"轲莞然而去。在咸阳宫向秦王献地图时，图穷匕见，被秦王斩断左股，血染朝堂。悲剧发生438年后，即公元211年，张松为求高官厚禄，私自绘制蜀川地图，不远千里送与刘备，以助刘备取代蜀主刘璋。同为献图，前者轻生取义，名垂千古；后者卖主求荣，遗臭万年。

第60回③

叹刘璋

折齿衔衣任苦留，
倒悬尸谏不回头。
宿敌未至成都陷，
夺位仁兄恰姓刘。

注：公元211年，刘璋恐曹操入侵蜀川，邀刘备入川协力抗曹，并亲自出城迎接。主簿黄权、从事王累谏阻曰：不可引狼入室，以免中计。璋叱曰："玄德是我同宗，安肯夺我基业？"权叩首流血，口衔璋衣而阻。璋大怒，扯衣而起，权不放，顿落门齿两颗，璋喝左右将其推出，再欲出城。从事王累自用绳索倒吊于城门之上，口称，如谏不从，将割断绳索，撞死于此地。璋闻言大怒曰："吾与仁人相会，如亲芝兰，汝何数侮于吾耶？"王累大叫一声"惜哉"，断绳撞死于地。刘备入蜀后，反戈一击，取刘璋而代之。宿敌曹操未至，成都已陷入刘备之手。

第 61 回①

飞舟夺阿斗

诓香赚斗索荆州，
子布机筹悦仲谋。
周善陈仓图暗渡，
赵云破浪遏飞舟。

注：香，孙尚香，刘备夫人；斗，幼主阿斗；子布，即张昭，东吴重臣；仲谋，孙权；周善，孙权家将，自幼穿房入户，颇有胆量。正当孙权为收回荆州煞费苦心时，张昭献计曰：趁刘备西取益州、无暇东顾之机，以国太病危为由，诓取郡主（孙夫人）携阿斗回东吴，再以斗为质，索赎荆州。权闻计甚悦，遂遣家将周善，扮作商人，诈修国书，取水路潜入荆州。孙夫人听知母病危急，便携七岁阿斗随周善来江边上船。闻讯赶来的赵云沿江叫停，周善不睬，催船顺流回返。赵云弃马执枪，飞身跳上渔船追赶，逼停吴舟，夺回阿斗，留下忠心护主的千古美名。

第61回②

功名障目

曹相胸装万里船，
几番不纳令君言。
眼前一页功名纸，
坐令英雄不见山。

注：令君，即荀彧，曹操首席谋臣。公元212年，曹操欲受魏公、加九锡。荀彧劝阻曰："不可，丞相本兴义兵，匡扶汉室，当秉忠贞之志，守谦退之节。君子爱人以德，不宜如此。"曹操闻言，勃然变色。荀彧几番劝阻不成，操如期受封魏公、加九锡。彧叹曰："吾不想今日见此事！"操闻，深恨之，以为不助己也。是年农历十月，操兴兵下江南，命彧同行。彧已知操有杀己之心，托病未从。操遣人送饮食一盒至，盒上有操亲笔封记，开盒视之，并无一物。彧会其意，遂服毒而亡。可见，在功名利禄面前，操爱才惜才的宽阔胸襟荡然无存。

第 61 回③

趁借仲谋书

大军南下讨孙吴，
久峙江东粮草枯。
进退曹操两难处，
班师趁借仲谋书。

注：仲谋，即孙权。公元212年冬，曹操率大军征讨东吴，相持于江东，久攻不克。操有退兵之意，又恐东吴耻笑，犹豫未决。两边又相拒月余，战了数场，互有胜负。直至来年正月，军中粮草枯竭。春雨连绵，水港皆满，军士多在泥水之中，困苦异常，谋士劝操收兵。操进退两难之际，孙权遣使赍书至。书云：孤与丞相彼此皆为汉朝臣宰，当思报国安民，不该妄动干戈，残虐生灵。即日春水方生，公当速去；如其不然，复有赤壁之祸矣。书背后又批两行云："足下不死，孤不得安。"操看毕，大笑曰："孙仲谋不我欺也！"遂借坡下驴，引兵回许都。

第 62 回①

刘备其人

俯首亲民施浅恩，
闻悲抹泪饰冈仁。
毁书辱使撕佛面，
戕将劫关露歹心。

注：刘备是具有双重人格的人，表面上宽仁忠厚，爱民亲民，实则心毒手辣，为鸠占鹊巢，不惜杀人越货。公元 212 年，刘备以勒兵回荆州助吴抗曹为名，致书益州牧刘璋，索要军马钱粮，并要求沿途守将出关迎送。璋回书并遣使送来军饷，备却以璋积财吝赏为由，撕毁回书，辱骂来使。又借口前来迎送的涪水关守将高沛、杨怀身藏利器，将二人杀害。随即兵不血刃占领涪水关，进而攻克成都，鸠占鹊巢。可见刘备所谓刘璋"积财吝赏""高杨身藏利器"，不过是其斩将劫关，进而攻取成都的借口，与《伊索寓言》中的"狼"并无二致。

第 62 回②

魏延贪功

亥时造饭子时攻，
抢占先机抑汉升。
天道从来酬向善，
文长贪欲致薄终。

注：魏延，字文长；汉升，即黄忠。二人同为蜀汉名将。公元213年，刘备命黄忠夺取川兵的冷苞寨，命魏延夺取邓贤寨，先夺寨者为头功。黄忠回寨传令，来日四更造饭，五更结束，平明进兵，取左边山谷而进。魏延闻讯暗喜，吩咐众军士二更造饭，三更起兵，旨在先忠夺寨抢头功。三更前后，兵行半道，延于马上寻思：只打邓贤寨，不显能处，不如先打冷苞寨，再打邓贤寨，两处功劳皆为己有。魏延终因人疲马乏，独力难支，攻寨不成，险些送命，幸亏黄忠及时施救方得逃生。性格决定命运，魏延贪婪之心致其未能善终。

第63回①

痛失庞统

力主西出取懦璋，
益州僻地好称王。
襄阳愿景形初见，
怎奈坡东落凤凰。

注：庞统，字士元，号凤雏，刘备帐下重要谋士，是助推刘备夺取益州的功臣；璋，益州牧刘璋，暗懦无能。公元208年，庞统在襄阳为刘备规划出长期愿景（亦称"襄阳对"）：夺得荆州后，全力攻取益州，取刘璋而代之；再以益州为中心，从荆、益两地出兵，钳制曹魏，进而将关中、洛阳收入囊中，成就霸业。庞统与刘备一同入川，在刘备与刘璋决裂之际，统为备献上、中、下三条计策，备用中计：先取涪城，再夺成都，逼璋出降。一代谋臣庞统，在率兵进攻雒城（今四川广汉）时，不幸被乱箭射死于落凤坡，年仅三十六岁。统死，令刘备悲痛万分。

第 63 回 ②

壮烈将军

巴蜀将军血气刚，
任凭断首断无降。
成都不忍遭失陷，
拔剑仰天何慨慷。

注：巴蜀将军，指严颜，三国时期蜀汉名将，时任巴郡太守。公元212年，刘璋邀迎刘备入川抗曹，严颜谏阻，称此举是"独坐穷山，引虎自卫"。璋拒纳。公元214年，刘备进攻江州，颜拒不投降，战败被俘后，张飞问曰："大军至，何以不降而敢拒战？"颜答曰："卿等无状，侵夺我州，我州但有断头将军，无降将军！"飞大怒，喝令左右将颜斩首。颜神情自若，喝曰："砍即砍矣，何为怒也！"遂引颈待斩。飞慕其义勇，遂释之，并尊为宾客。是年，刘璋败失成都，颜闻讯仰天长叹后，拔剑自刎。唐贞观八年，朝廷谥颜为"壮烈将军"。

第 64 回①

张任烈

忠臣宁死守坚贞,
烈士岂甘从二君。
恩诱千番志不改,
将军高骂乞杀身。

注：张任，益州牧刘璋属下，官至益州从事。公元213年，刘备进攻雒城，因护军李严投降刘备，绵竹失陷，张任独领兵出城，大战于雁桥，战败被俘。刘备谓张任曰："蜀中诸将望风而降，汝何不早降？"任睁目怒叫曰："忠臣岂肯事二主乎？"刘备欣赏张任忠勇，劝降曰："汝不识天时耳，降即免死。"任曰："今日不降，久后也不降，可速杀我！"备不忍杀之。任厉声高骂求死，孔明命斩之，以全其名。备感叹不已，令收其尸首葬于金雁桥侧，以表其忠。陈寿评曰："少有胆勇，有志节。"张任墓位于四川省广汉市北区公园。

第 64 回②

姜母颂

姜母贞心护汉朝，
喻儿戮力讨贼超。
巾帼取义轻生死，
万世仁人仰素标。

注：姜母，指历城抚夷将军姜叙之母杨氏，时年八十二岁，深明大义，正气凛然；超，指马超。公元212年，偏将军马超于凉州谋反，姜母劝儿尽早起兵讨伐马超。姜叙畏马超英勇难图，恐连累老母，犹豫不决。母喻叙曰："汝不早图，更待何时。谁不有死？死于忠义，死得其所也！勿以我为念！汝若不早图，吾当先死，以绝汝念……"马超血洗历城时，至姜叙宅，拿出姜母。姜母视死如归，全无惧色；指骂马超，大义凛然；超大怒，自取剑杀之。曹操闻知，奏报献帝褒扬姜母，使史官细载其行事，不使湮没，以供万人景仰。

第 65 回①

说降马超

葭关大战百余回，
锦马频频展虎威。
刘备惜才生爱意，
遣人危语劝降归。

注：葭关，即葭萌关，在今四川省广元县境内；锦马，马超绰号。公元214年夏，张飞于葭萌关屡战马超不克。刘备见超虎虎生威，有说降之意，谓诸葛亮曰："吾见马超英勇，甚爱之，如何可得？"亮欲往超寨说降，备不许。适逢西川辩士李恢来归，备遂遣恢前往汉中说降马超。恢至超寨，先为超析理当下困境：与曹操有杀父之仇，同陇西乃结切齿之恨，前不能救刘璋而敌刘备，后不能制杨松而友张鲁，目下四海难容，一身无主……超闻言顿首谢曰："公言极善。"恢遂大言备为人之善，爱超之切。马超闻言心动，随李恢一同上关来降刘备。

第65回②

刘璋乞降

刘备重兵压蜀都,
都中将士忾同仇。
懦夫降命息兵事,
巴郡将军枉断头。

注:蜀都,指蜀国都城成都;懦夫,指庸主刘璋;巴郡将军,指严颜。马超归顺刘备后,受命围攻成都。是时,都城中尚有三万余兵马,钱帛粮草可支一年,城中军民同仇敌忾,愿与刘备决一死战。而刘璋闻刘备大军围城,惊得面如土色,意欲开门投降,谓左右曰:"吾父子在蜀二十余年,无恩德以加百姓,攻战三年,血肉捐于草野,皆我罪也,我心何安?不如投降,以安百姓。"众人闻之,皆坠泪。次日,璋亲赍印绶文籍,出城乞降。远在巴郡的严颜将军,闻成都被拱手让人,不忍屈辱,竟拔剑自刎。将军壮烈,可歌可泣;而为庸主殉身,又令人扼腕叹息。

第 65 回③

关羽角马超

云长心气界天高，
欲往西川角马超。
闻道威名居己后，
欣将尺墨示群僚。

注：关羽，字云长，与马超均为蜀汉名将。刘备领益州牧后，加官晋爵，封关羽为荡寇将军，马超为平西将军。身在荆州的关羽，闻马超武艺过人，心有不屑，致信诸葛亮，欲入川与之比试高低。亮回书曰："亮闻将军欲与孟起分别高下。以亮度之，孟起虽雄烈过人，亦乃黥布、彭越之徒耳，当与翼德并驱争先，犹未及美髯公之绝伦超群也。今公受任荆州，不为不重，倘一入川，若荆州有失，罪莫大焉。惟冀明照。"羽看毕，自绰其髯笑曰："孔明知我心也。"遂将书遍示宾客，顿消入川之意。诸葛亮用赞许法，轻松化解关羽心中块垒。

第 66 回①

单刀赴会

匹马单刀径入吴，
风生谈笑傲江湖。
君侯那股英雄气，
尤胜当年蔺相如。

注：君侯，指关羽；蔺相如，见"完璧归赵"。公元214年，鲁肃为索回荆州，邀荆州守将关羽赴陆口饮宴，伺机杀之。关平恐有不测，阻父前往。羽笑曰："吾于千枪万刃之中，矢石交攻之际，匹马纵横，如入无人之境，岂忧江东群鼠乎？"马良亦谏曰："将军不可轻往。"羽曰："吾若不往，道吾怯矣。来日吾单刀赴会，看鲁肃如何近我！"言毕，独驾小舟，只用亲随十余人前往陆口。酒至半酣，羽右手提刀，左手挽住鲁肃手，佯醉挟肃离席。羽昂首阔步，威风凛凛，肃魂不附体。吴将吕蒙等望而生畏，未敢轻动。羽全身而归，史称"单刀赴会"。

第66回②

君王泪

破壁搜拿伏后身，

君王欲救不从心。

眼前泣泪哀求者，

不比民间行乞人。

注：伏后，即伏寿，献帝后，辅国将军伏完之女。公元214年，献帝与伏完谋诛曹操事败，伏氏老幼，并皆拿下。操遣人入宫缉拿伏后，寻觅不见，便喝甲士破壁搜寻。伏后于殿后椒房内夹壁中藏躲，披发跣足，被揪髻拖出。经过献帝跟前时，伏皇后与帝诀别，帝望见后，抱后而哭。伏后哭谓帝曰："不能复相活耶？"帝曰："我命亦不知在何时也。"甲士拥后而去。帝捶胸大恸曰："天下宁有是事乎？"哭倒在地哀求。左右扶帝入宫。操令左右将后乱棒打死，伏后所生二子皆被鸩杀，伏氏族人皆斩于市。朝野之人，无不惊骇。

第66回③

密诏诛曹疑

董承传诏祸绝根，
伏氏藏书罪灭门。
两度诛曹若天意，
争教衅首善其身？

注：天意，即帝王之意。据《三国演义》记载，公元200年正月，汉献帝为翦除曹操，将用鲜血写出的诏书缝在衣带里，秘密传给董贵妃之父董承，令承密谋举事。事泄后，董承九族被抄斩，身怀六甲的董贵妃亦未能幸免。公元214年，献帝又令后父伏完密图曹操，将后密书藏于穆顺发中送伏完；完见伏后手书，乃作书求图操密诏，书复藏于穆顺头髻内。穆顺回遇曹操，书被搜出。伏完、穆顺等宗族二百余口，皆被斩于市，伏后及所生二子亦被鸩杀。两起诛曹事件，殃及数百人，而始作俑者——汉献帝却安然无恙。人疑：史传密诏诛曹事可真？

第 66 回④

许褚忠职守

被酒曹公方卧床,
褚当子孝入轩房。
"趋尊岂可凭宗氏,
汝是藩臣吾内郎。"

注：许褚，字仲康，容貌雄毅，勇力绝人，曹操近侍护卫，亦称内郎；当，通"挡"；子孝，即曹仁，曹魏名将，曹操从弟；尊，尊贵之人，这里指曹操。曹仁受召连夜入府中见曹操，商议收吴灭蜀之事。操被酒方卧，许褚仗剑立于堂门之内。仁欲入内，被褚阻挡。仁大怒曰："吾乃曹氏宗族，汝何敢阻当耶？"褚曰："将军虽亲，乃外藩镇守之官；许褚虽疏，见充内侍。主公醉卧堂上，不敢放入。"褚义正词严，寸步不让，仁乃不敢入。操闻之，叹曰："许褚真忠臣也。"褚因忠于职守，曹丕继位后，迁武卫将军，负责宫中安全。

第 67 回①

曹操斩杨松

卖主谗贤里外通，

积金累玉总成空。

曹公平定汉中后，

大赦诸君但斩松。

注：杨松，汉中军阀张鲁帐下谋士，腌臜小人；见利忘义，贪得无厌，为人所不齿。刘备用珠宝结好杨松，令松离间张鲁与马超，使马超进退不得，被迫投降刘备；公元215年，曹操征讨汉中张鲁时，派人送金银给杨松，松受贿赂，诬陷庞德卖阵，德被迫投降曹操；张鲁战败逃往巴中，杨松以密书报曹操，教操进兵巴中，自为内应。操得书，亲自引兵往巴中。松怂恿张鲁出战，自己守城，张鲁战败，松关闭城门，致鲁被曹军俘获。杨松图财卖主，为曹操立下大功。平定汉中后，曹操非但没为杨松加官晋爵，反而将他斩于市曹示众。

第 67 回②

得陇不望蜀

策马扬鞭定汉中,
平超降鲁扫群雄。
曹公得陇不望蜀,
失却统合天下功。

注:陇,今甘肃省东部及陕西省西南一带;蜀,今四川省中西部。公元214年,曹操大举西征,平马超,降张鲁,扫群雄,定汉中。是时,刘备刚刚逼降刘璋,立足益州未稳。曹操若趁势进攻刘备,则益州指日可取。主簿司马懿进曰:"刘备以诈力取刘璋,蜀人尚未归心。今主公已得汉中,益州震动,可速进兵攻之,势必瓦解。智者贵于乘时,时不可失也。"曹操叹曰:"人苦不知足,既得陇,复望蜀耶?"遂按兵不动。操没有趁热打铁,一举攻取益州,实从战略考量:一是汉中不愿归降的势力尚须安抚;二是东吴正乘机进攻合肥,在后方惹事。曹操班师回朝,失去一统天下的良机。

第 67 回③

皇叔乞吴侯

孙吴屡屡索荆州，

刘蜀迁延借口稠。

曹魏大军压境后，

皇叔割土乞吴侯。

注：吴侯，指孙权；刘蜀，指刘备蜀汉政权。刘备自从孙权手里"借"得荆州立足后，三番五次找借口拖而不还，始称待荆州新主刘琦去世后即还。刘琦死后，改口称待夺得益州后即还。公元214年，刘备夺得益州，东吴派诸葛瑾入荆，要求归还荆州，镇守荆州的关羽竟将诸葛瑾赶出……刘备又以"取凉还荆"为借口再次搪塞推托。不久，曹操攻取汉中、威逼西蜀，刘备惊恐万分。因立足未稳，恐蜀地有失，备被迫修书具礼，遣使东吴交割长沙、江夏、桂阳三郡，以乞孙权起兵抗曹救蜀。刘备背信弃义，前倨后恭之态教人不敢恭维。

第68回①

百翎挫敌威

鼙鼓声喧来势威,
吴营到处鬼神悲。
百翎夜半袭曹寨,
十万貔貅胆尽摧。

注:公元217年,曹操四十万大军铺天盖地杀向吴军营地。吴军上下猿啼鹤唳,胆战心惊。孙权问诸将,谁敢当先破敌?甘宁自告奋勇曰:愿领百人破敌,不折一人一骑。权拨一百精锐马兵付宁。宁谓百人曰:"今夜奉令劫寨,请诸公各满饮一觞,努力向前。"众人闻言,面面相觑,皆有难色。宁拔剑在手,怒叱曰:"我为上将,且不惜命,汝等何得迟疑!"众人见状,尽言:"愿效死力。"是夜,取白鹅翎百根,插于盔上为号,披甲上马,杀入曹寨。百骑举火如星,左冲右突,喊声大震。曹军惊慌失措,魂飞胆破,锐气大挫。

第 68 回②

曹操封王

逐兔猎狐灭虎狼，
苟延汉祚廿年长。
权高无意夺危主，
虚位儿孙做魏王。

注：东汉末年，天下大乱，群雄逐鹿，皇权式微。曹操以天子名义征讨四方，擒吕布，灭袁术，收袁绍，翦灭群雄，延汉室二十余年。公元215年操再取汉中。次年农历五月，群臣表奏汉献帝，颂魏公曹操功德，极天际地，功高至伟，伊、周莫及，宜晋爵为王。献帝即册封曹操为魏王，操欣然受封。众所周知，早在208年废三公时，世人曾言，曹操必自立为帝。此时的汉献帝早已如行尸走肉，形同虚设，如日中天的曹操为何不取而代之？余以为，曹操深谙先贤遗训，不急于求成，自己先做王，巩固曹氏的政治地位，为日后曹丕废汉称帝铺平道路。

第 68 回③

左　慈

抛空玉盏化白禽，
遁入羊群不见身。
坐致行厨役神鬼，
苍穹独步渺层云。

注：左慈，字元放，自号乌角先生，东汉末年著名方士，少居天柱山，研习炼丹之术。明"五经"，兼通星纬，明六甲，传能役使鬼神，坐致行厨。《后汉书》说他："少有神道。"某日，曹操大宴群臣，慈来筵前，掷杯于空中，化成一白鸠绕殿而飞；用墨笔于粉墙上画龙，取龙肝做羹；以衣覆金盆，得紫芽姜满盆；又持钓竿于堂下池中钓得四腮鲈鱼烹煎……众官惊怪。操视慈为妖，命许褚引三百铁甲军擒拿，慈遁入羊群即不见，褚尽杀群羊而回。忽见一道青气，升天聚成一处，又化成慈，向空招白鹤一只骑坐，俯瞰万里层云。

第 69 回①

管 辂

六爻穷奥测天庭，

八卦通微唤鬼灵。

多少人间福祸事，

预知何处问公明？

注：管辂，字公明，三国著名术士，古代卜卦观相行业祖师；六爻（yáo）、八卦，都是古人观察大自然运行规律总结出来的法则。依据法则可以判断事物的发展过程和结果。史载，辂少时喜仰观星辰，成年后，精通《周易》，天文地理、占卜看相、风水堪舆无不精致；告凶兆吉，每言辄中，精准至极。辂一生著述甚丰，主要有《周易通灵诀》《破躁经》《占箕》《管辂易传》《周易林》《管公明隔山照》《鸟情逆占》《算占书》等，给后人留下宝贵的文化遗产。辂公元256年去世，年四十七岁。辂死后，藏书均被其好奇者所盗，方术失传。

第 69 回②

五士烧许都

欲扶汉室讨独夫，

五士元夕烧许都。

莫问英雄身后事，

森森白骨俱无辜。

注：公元 218 年正月，曹操及其阁僚居陪都邺城，许都交由御林总督王必守护。时侍中少府耿纪、司直韦晃结联金祎、吉邈、吉穆共五人密谋，借许都元宵庆赏、大张灯火之机，纵火致乱；趁乱杀死王必，夺其兵权，扶天子召百官，面谕讨曹操，随后发诏召刘皇叔回京师辅佐。是夜，王必正与御林军饮宴，屯扎于城外的夏侯惇，遥望城内四下火起，便领大军入城围剿。耿纪、韦晃夺路杀出城门，终因无人相助被擒。惇将耿、韦二人及五家宗族老幼皆斩于市，朝中众多参与救火或观火者，因一时真伪难辨，三百多人被无辜斩杀。

第 69 回③

曹相辨凶

许都纵火辨疑凶,
趋避红白系死生。
身首横分赤旗下,
始识曹相大奸雄。

注：火烧许都后，曹操将众官由许都解赴邺郡问审。操于校场立红旗于左、白旗于右，下令曰："耿纪、韦晃等造反，放火焚许都。汝等亦有出门救火者，亦有闭门不出者。如曾救火者，可立于红旗下，如不曾救火者，可立于白旗下。"众官自思："救火者必无罪。"于是多奔于红旗之下。操教尽拿立于红旗下者。众官各言无罪，操曰："汝当时之心，非是救火，实欲助贼耳！"尽命牵出漳河边斩之，死者三百余员。其立于白旗下者，尽皆赏赐，仍令还许都。曹操惯用权谋，如此辨凶，凸显其生性多疑、奸诈狡猾、心狠手辣之特性。

第70回①

张飞智用兵

收川计在释颜君,
瓦口赚郃谋略深。
两度交兵皆用智,
孔明刮目看燕人。

注：颜君，指严颜，巴郡太守；郃，张郃，曹魏名将；燕人，张飞自称。张飞性格暴躁，做事粗鲁，不善于用计设谋。然而，在攻取巴郡时，守将严颜死战拒降，被俘后，张飞对严颜不怕死的精神十分敬佩，非但不杀，反而奉为座上宾。颜感不杀之恩，为张飞招安沿途守关将领，使张飞进军西川的速度大为加快；此次，瓦口隘大战张郃，张飞整日搦战，张郃坚守不出，相拒五十余日不克。飞每日饮酒佯醉，扎草人于寨前端坐，诱郃出战。郃终于按捺不住，夜劫飞寨。飞暗遣兵马截郃去路，郃中计大败，为活命，只得弃马攀山而逃。张飞两次以智用兵，令孔明刮目相看。

第 70 回②

诸葛激黄忠

"汉升虽勇岁衰微,
逆战张郃尚有谁?"
闻道军师嫌己老,
轮刀趋步动如飞。

注:汉升,即黄忠,蜀汉名将;张郃,魏国名将。魏将张郃来犯葭萌关,诸葛亮聚众将议曰:"张郃乃魏之名将,非等闲可及,除非翼德,无人可当。"黄忠闻言,厉声而出曰:"军师何轻视众人耶?吾虽不才,愿斩张郃首级献于麾下。"亮激忠曰:"汉升虽勇,争奈年老,恐非张郃对手。"黄忠听了,白须倒竖曰:"某虽老,两臂尚开三石之弓,浑身还有千斤之力,岂不足敌张郃匹夫耶?"亮又激曰:"将军年近七十,如何不老?"忠遂趋步下堂,取架上大刀,轮动如飞;壁上硬弓,连拽折两张。刘备大喜,即令黄忠迎战张郃。

第 71 回①

曹娥碑

小舜江边一片石，
中郎八字妙绝辞。
莫惭智逊三十里，
千古几人知色丝？

注：曹娥碑，即东汉年间人们为颂扬孝女曹娥而立的石碑，碑文为邯郸淳所作，碑址在今浙江省上虞县小舜江畔；中郎，即蔡邕，东汉大文豪、大书法家，世称"蔡中郎"。因碑文文采飞扬，蔡邕闻而往观，时日已暮，乃于暗中以手摸碑文而读之，书"黄绢幼妇外孙齑臼"八字，后人镌八字于碑阴。曹操路见，回顾众谋士曰："汝等解否？"众皆不能答。主簿杨修出曰："某已解其意。"操曰："卿且勿言，容吾思之。"遂上马前行。行至三十里，忽省悟：此八字为隐语，乃"绝妙好辞"四字。操叹羡杨修才识之敏，惭曰："某智隔三十里矣。"

第71回②

威震定军山

雕弓铁甲雪霜髯，
百战人生不问年。
纵马一刀渊授首，
将军威震定军山。

注：定军山，位于陕西省勉县城南五公里处，是三国时期的重要战场；渊，夏侯渊，曹魏名将；将军，指黄忠，蜀汉名将。公元199年正月，年逾七旬的老将黄忠，不服年迈，引兵屯于定军山，与魏将夏侯渊对峙。为窥探曹军动向，黄忠抢占定军山西面的对山至高点，迫使夏侯渊主动出击，疲于奔命。待曹军人困马乏时，忠一马当先，风驰电掣般冲下山来，渊未及相迎，即被刀劈两段。刀劈夏侯渊是黄忠人生的巅峰时刻，也是三国时期一个重要事件。定军山之战，具有里程碑意义，不仅让黄忠威名大震，还为刘备统一西川奠定了基础。

第 71 回③

虎威将军

匹马当阳护幼龙，
单枪汉水救黄忠。
英雄莫道一身胆，
好汉从来百日功。

注：虎威将军，指赵云。赵云，字子龙，蜀汉名将，五岁始，随父练枪习武，十岁入封龙山学艺，遇高人指点，熟读兵书战策，习学十八般武艺。公元208年，当阳长坂坡大战中七进七出曹军阵中，救出幼主刘禅。公元219年，黄忠率兵劫曹军粮草，被曹将张郃、徐晃围困。云挺枪骤马，越过汉水，直奔北山之下，杀入重围，左冲右突，如入无人之境，先后刺死慕容烈、焦炳，杀散余兵，救出黄忠。刘备闻捷，亲临赵云兵营劳军曰："子龙一身都是胆也！"遂号子龙为虎威将军。常言道：艺高人胆大，子龙之胆源于他多年练就的武艺。

第72回①

疑兵取汉中

隔空夜半角连营，
火破阳关弓鸟惊。
曹相不堪百般扰，
班师远走汉中城。

注：公元217年，刘备率军攻打汉中，与曹操隔汉水相拒。诸葛亮教深夜吹角连营，只不出战。一连数夜，致曹操彻夜不安，遂后退三十里空阔处扎营。蜀军趁势渡过汉水，背水列阵。操恐有诈，复退阳平关。亮又令蜀兵赶到城下，于东门纵火，西门呐喊，南门燃爆，北门擂鼓。操大惧，弃关而走，蜀兵从后追袭。操惊疑不定，只好出关往斜谷界口驻扎，不料又遭蜀兵伏击，被射落门牙。操屯兵日久，蜀兵神出鬼没，曹军欲进不能，疲惫不堪，被迫放弃汉中，班师许都。刘备问诸葛亮曰："曹操何败之速也？"亮曰："操为人多疑，吾以疑兵胜之。"

第72回②

杨修释鸡肋

夜号误将鸡肋传，
杨修释意想当然：
"弃之不舍食无肉，
丞相定当拔寨还。"

注：杨修，字德祖，东汉文学家，博学多才，时任曹操主簿；夜号，即军营内部夜间号令，机密，每日更换。公元219年农历三月，曹操与刘备相持汉中。某夜，夏侯惇入帐，禀请夜间号令。适庖官进鸡汤，操见碗中有鸡肋，随口曰："鸡肋，鸡肋。"惇传令众将，俱称"鸡肋"。杨修见传"鸡肋"二字，与人曰："以今夜号令，便知魏王不日将退兵归也。鸡肋者，食之无肉，弃之有味。今进不能胜，退恐人笑，在此无益，不如早归。来日魏王必班师矣。"夏侯惇赞修曰："公真知魏王肺腑也。"于是寨中诸将无不收拾行装，准备归计。

第 72 回③

杨修之鉴

丽文草就暗星辰，
绣口微开露锦心。
曹相青衿常挂肚，
不容德祖令思深。

注：杨修，字德祖，东汉文学家，才思敏捷，著作颇丰，时任曹操主簿；青衿，借指有才华的学子，本句化用曹操"青青子衿，悠悠我心"意。曹操向以爱才、惜才、揽才著称，而对杨修这样的奇才，仅因曲解"鸡肋"之意，便以"惑乱军心"罪将其处死，个中缘由，令人深思。杨修惨死给人两点启示。一是病从口入，祸从口出；言多必失，行多必过。遇事当谨言慎行，切忌口不择言。二是木秀于林，风必摧之；行高于众，众必非之。才高当思韬晦，切勿毕露锋芒。诚如明代思想家李贽所言："凡有聪明而又好露者，皆足以杀其身也。"

第 73 回①

刘备擅称王

智取汉中欣若狂,
未承明诏擅称王。
推尊纵有千人表,
终少御批三两行。

注:公元219年农历五月,刘备夺取汉中,人心大悦。众僚欲推备为王,备未允。诸葛亮谏曰:"主公平生以义为本,未肯便称尊号;今有荆襄两川之地,可暂为汉中王。"备曰:"汝等虽欲尊吾为王,不得天子明诏,是僭也。"亮曰:"主公宜从权变,先进位汉中王,然后表奏天子,未为迟也。"备推辞不过,只得依允。公元219年农历七月,筑坛于沔阳,群臣皆依次排列,备登坛,进冠冕玺绶讫,面南而坐,受文武百官拜贺,为汉中王。遂修表一道,众人签押,差人赍赴许都。备先斩后奏,未得御批,擅自称王,似合情但不合法,实为僭也。

第 73 回 ②

关羽鼠肚肠

五虎关张赵马黄，
依功序秩理应当。
汉升屈列将军后，
武圣何其鼠肚肠。

注：汉升，即黄忠，蜀汉名将，助刘备攻破益州刘璋，斩曹魏名将夏侯渊，功勋卓著；武圣，即关羽。刘备汉中称王后，依次封关羽、张飞、赵云、马超、黄忠为五虎大将，遣前部司马费诗赍捧诰命，往荆州为关羽授勋。羽发问曰："汉中王封我何爵？"诗曰："五虎大将之首。"羽又问："哪五虎将？"诗曰："关张赵马黄是也。"羽怒曰："翼德吾弟也，孟起世代名家，子龙久随吾兄，即吾弟也，位与吾相并可也。黄忠何等人，敢与吾同列？大丈夫终不与老卒为伍。"遂不肯受印。关羽恃才傲物又鼠肚鸡肠的个性表现得淋漓尽致。

第 74 回①

扶榇从征

伐蜀壮侯将欲行，
因兄事彼被疑忠。
释嫌扶榇从征去，
兵败山倾独不躬。

注：壮侯，庞德谥号，曹魏名将；彼，对方，这里指蜀主刘备。曹操授命庞德为先锋，领衔攻打樊城关羽。因胞兄庞柔时从刘备，遭众将质疑。操闻疑省悟，即纳下其先锋印。庞德拜谢回家，令匠人造一木榇，德扶榇随征。临行，谓部将曰："吾今去与关某死战，我若被关某所杀，汝等即取吾尸置此榇中；我若杀了关某，吾亦取其首，置此榇内，回献魏王。"魏军兵败樊城后，众将士皆屈膝降羽，唯庞德一人力战。德被俘后，羽令其跪降，德睁眉怒目曰："吾宁死于刀下，岂降汝耶？"立而不跪，引颈受刑。德以死明志，可歌可泣！

第 74 回②

水淹七军考

于禁七军遭水淹，

一分人祸九分天。

襄江八月瓢泼雨，

神化关公千百年。

注：于禁，字文则，曹魏名将，时督领曹魏七军；襄江，指湖北襄樊市以下汉水河段。水淹七军是三国时期一场经典战役。《三国演义》称，关羽战前蓄水，战时决堤，大败曹军。《三国志》和《资治通鉴》等正史并无蓄水和决堤水攻记载。《后汉书》中确有"二十四年八月，汉水溢流，害民人"记载，《三国志·关羽传》则说"秋，大霖雨，汉水泛溢，禁所督七军皆没"。可见，所谓"水淹七军"，实为暴雨致屯兵低洼处的曹军无路可逃，关羽趁机乘舟袭杀，致曹军大败，并非关羽有预谋的决堤所致。后人为了神化关羽，将水淹七军演绎成他神机妙算，大谬也。

第75回①

刮骨疗毒

肉绽皮开血浸衣，
疗毒刮骨任悉悉。
帐中将士惊失色，
座上君侯笑弈棋。

注：君侯，汉时对列侯的尊称，这里指关羽。关羽在樊城战役中被弩箭射中臂膀，箭毒深入骨髓，华佗闻讯，前来医治。羽伸臂令佗割之。佗取尖刀在手，令一小校捧一大盆，于臂下接血。佗曰："某便下手，君侯勿惊。"羽曰："任汝医治，吾岂比世间俗子惧痛者耶？"佗乃下刀，割开皮肉，直至于骨，骨上已青。佗用刀刮骨，悉悉有声，帐上帐下见者皆掩面失色。羽饮酒食肉，谈笑弈棋。须臾，血流盈盆。佗刮尽其毒，敷上药，以线缝之。羽大笑而与多官曰："此臂屈伸如故，并无痛矣。"佗曰："某为医一生，未尝见此，君侯乃天神也！"

第75回②

司马安帝居

水灭七军相胆虚，
国迁欲避万人敌。
"樊城兵败非因战，
无损何须动帝居。"

注：司马，司马懿，时任主簿；相，曹丞相，即曹操；万人敌，时人对关羽的誉称。公元219年，樊城之战，关羽水淹七军，斩杀庞德，生擒于禁，威名大震，华夏皆惊。探马报到许都，曹操胆战心惊，乃聚文武商议曰："倘彼率兵直至许都，如之奈何？孤欲迁都以避之。"司马懿谏曰："不可。于禁等被水所淹，非战之故。于国家大计，本无所损。为此迁都动众，既向关羽示弱，长羽士气，又致淮、汉人心更加动荡，河南之地恐非己有。"总而言之，于禁败给天灾，并非败给关羽，不必惧怕关羽，更不必迁都以避。操闻言依允，遂不迁都。

第 75 回③

智取荆州

吴下阿蒙筹远谋，

藏锋示弱懈君侯。

轻舟鱼跃白衣渡，

从此荆州不姓刘。

注：吴下阿蒙，这里取其本意——吕蒙，东吴名将，小时学识尚浅，后来学识大进；君侯，指关羽；白衣，平民服装，指化作平民的士卒。吕蒙被派往陆口抗蜀前线后，为麻痹蜀将关羽，韬光养晦，对关羽百般殷勤。后以养病为由，离陆口回建业（今南京），孙权采吕蒙计，由威名不著的陆逊代守陆口。逊到任后萧规曹随，修书具礼送关羽，书词极其卑谨，以此继续麻痹关羽，使其不以吴军为患，调大军北攻曹军。公元 219 年农历十一月，吕蒙率军隐蔽出征，将精兵埋伏在伪装的商船中，令将士身穿白衣，蒙过江防蜀军，溯江急驶，长驱大进，一举夺回荆州。

第 76 回①

天意失荆州

皆言大意把荆失,
天谴辜恩人未知。
仗剑拒还诚不义,
关公难免断头尸。

注：断头尸，关羽被杀后，首级被孙权送与曹操。《三国演义》为维护关羽天下无敌的英雄形象，把关羽败走麦城，丧失荆州的原因归于一时疏忽大意。余以为，荆州之失，失于天意。借债还钱，天经地义。刘备从孙权手中借得荆州立足，理当感恩戴德，按约归还。然而，他却以种种借口，久赖不还。非但如此，荆州守将关羽，还以刀剑威胁前来索要荆州的东吴使者。可见，刘备、关羽之辈皆言而无信、忘恩负义之人。常言道，天酬有信罚无信，多行不义必自毙。福祸之因，皆自圆成。蜀军败，败于背义；关公亡，亡于忘恩；荆州失，失于天意。

第76回②

吕蒙攻心

凯复荆州广树恩，

扶贫济困慰征人。

蜀营知晓家乡事，

弃甲抛戈懈战心。

注：吕蒙，字子明，东吴名将。蒙收复荆州后，传下号令："凡荆州诸郡有随关公出征壮士之家，不许吴兵搅扰，按月给予粮米；有患病者，遣医治疗。"征人之家感其恩惠，安堵如故。关羽遣使至，吕蒙出郭迎接入城，设宴款待，送归馆驿安歇。随征将士之家皆来问信，有附家书者，有口传音信者，皆言家门无恙，衣食不缺。使者辞别吕蒙时，蒙亲送出城，烦使者复命，善言致意。使者回蜀营，众将士皆来探问家中之事，使者具言各家安好，吕蒙极其恩恤，并将书信传送各将士。各将欣喜，皆无战心。待关羽率兵攻取荆州时，将士多有逃逸者。

第 76 回③

败走麦城

过关斩将震威名,
水没七军华夏惊。
天地时来皆给力,
英雄运去地天崩。

注：关羽一生是英勇的一生，传奇的一生，大起大落的一生。斩颜良，诛文丑，威震中原；过五关，斩六将，名扬四海；公元219年，更是关羽人生的高光时刻：水淹七军，生擒于禁，枭斩庞德，惊怖华夏。此后，关羽的人生开始走向低谷。至公元220年初，除麦城外，荆州各郡县，均已丢失。羽欲夺回荆州，无奈，军心已乱。军行之次，将士多有逃回荆州者，羽喝止不住。比及败走麦城时，部从仅三百余人，内无粮草，外无救兵。是夜，城外吴兵招唤各军姓名，越城而去者众多。羽率残兵突围，赤兔马被吴兵绊马索绊倒，父子双双被擒后遇害。

第77回①

孙权误

华夏城池三鼎分，
吴微蜀弱两依存。
孙权泄恨杀关羽，
反助阿瞒南下心。

注：阿瞒，曹操小名。公元219年秋，正当关羽水淹七军，生擒于禁，乘势攻打襄阳，致曹操难以招架，意欲迁都时，孙权趁机突袭荆州，令关羽腹背受敌，败走麦城，被孙权生擒并杀害。吴蜀两国实力弱小，本为唇齿，相互依存。孙权夺荆杀羽，不仅导致吴蜀抗曹联盟彻底瓦解，还为后来曹操南下扫除一大障碍，最终导致蜀吴相继灭亡。这是孙权杀关羽所引发的严重后果。这一事件告诉我们，战争和政治斗争所引发的连锁反应往往难以预测，需要军事家和政治家具备宽广的胸怀，开阔的视野，谋求符合长远利益的斗争方略。

第 77 回②

孙权移祸

关羽首级押洛阳，
孙权移祸避锋芒。
曹操顺奉王侯礼，
就计将机激汉王。

注：汉王，指刘备。孙权斩杀关羽后，张昭谏权曰："主公损了关公父子，江东祸不远矣。刘备若知云长父子遇害，必起倾国之兵，奋力报仇，恐东吴难与敌也。"权闻言大惊，跌足曰："孤失计较也。"恐遭备报复，孙权星夜将关羽首级送往洛阳交曹操处置，示意刘备，杀羽乃操旨意。操闻羽首级至，喜曰："云长已死，吾夜眠贴席矣！"司马懿醒之曰："此乃东吴移祸之计也。"操醒悟，命人刻沉香木为躯，配羽首级，以王侯之礼，葬于洛阳南门外，令大小官员送殡。操自拜祭，赠为荆王。此举既迎合孙权，又示好刘备，更激起刘备对孙权之恨。

第78回①

曹操诛佗考

孰是孰非蜀魏分，
总将弊事附操身。
华佗欺相遭幽死，
猜害讹言传到今。

注：佗，华佗，字元化，东汉末年著名医学家，外科鼻祖；操，曹操。曹操为何杀华佗？有两种版本：一是《三国志·华佗传》记载，曹操将华佗留在身边根治头风病，佗虚诈妻病，久辞不归，被操收而下狱，幽死狱中；二是《三国演义》所传，佗欲用利斧砍开操颅，取出颅中风涎以除其病，操疑佗借机害己，收而杀之。众所周知，贬曹褒刘、抑魏扬蜀是《三国演义》一以贯之的立场，也是其评判是非曲直的不二遵循。这种因华佗医术高超遭曹操疑杀之说，旨在反衬曹操之无道，是演义的手法，缺乏更有力的历史文献支撑，不可信。前者更接近真实。

第78回②

曹操拒称皇

孙权表奏劝称皇,
操骂斯儿心不良。
"位显名极敢他望?
苟天在我做文王。"

注:操,曹操;文王,即周文王,周武王之父,周朝奠基者。公元219年,东吴遣使表奏曹操曰:"臣孙权久知天命已归王上,伏望早正大位,遣将剿灭刘备,扫平两川,臣即率群下纳土归降矣。"操观表毕,大笑曰:"是儿欲使吾居炉火上耶?"侍中陈群等奏曰:"汉室久已衰微,殿下功德巍巍,生灵仰望。今孙权称臣归命,此天人之应,异气齐声。殿下宜应天顺人,早正大位。"操笑曰:"吾事汉多年,虽有功德及民,然位至于王,名爵已极,何敢更有他望?苟天命在孤,孤为周文王矣。"世人将此言当作曹操暗示让曹丕称帝的证据。

第 78 回③

曹操托后

英雄未必寡情郎，
烈士如何不挂肠。
魏武分香嘱归帐，
戚言化作泪千行。

注：魏武，即曹操；归帐，归向帷帐之中，指曹操临终前嘱诸妾多居于铜雀台中一事。公元220年正月，曹操病势转加，召近臣同至榻前，托以后事：立长子曹丕继业，勉诸卿辅佐之；取平日所藏名香，分赐诸侍妾，且嘱曰："吾死之后，汝等须勤习女工，多造丝履卖之，可以得钱自给。"又命诸妾多居于铜雀台中，每日设祭，必令女伎奏乐上食。又遗命："于彰德府讲武城外，设立疑冢七十二，勿令后人知吾葬处，恐为人所发掘故也。"嘱毕，长叹一声，泪如雨下……人之将死，其言何悲！须臾，气绝而亡，寿六十六岁。

第 79 回①

于禁悲

北战南征一马先,
功昭日月耀河山。
何期为虏身名裂,
忍耻包羞度暮年。

注：于禁，字文则，曹魏名将，身经百战，勇冠三军。随曹操南征北战二十八年，战功赫赫，风光无限。公元219年，于禁率军往樊城救援曹仁，被关羽水淹七军，走投无路，被迫降羽。而属将庞德却引颈乞斩，至死不降。曹操叹谓诸将曰："于禁从孤三十年，何期临危反不如庞德也？"东吴大败关羽后，禁获释回曹魏。操死后，葬于邺郡高陵，曹丕令于禁董治陵事。丕因禁兵败被擒，不能死节，既降敌而复归，心鄙其为人，故先令人在陵屋白粉壁上绘画关云长水淹七军，擒于禁之事。禁见此画像，又羞又恼，气愤成病，郁郁而终。

第 79 回②

相煎何急

弟是豆荚兄是萁，
燃萁煮豆两相逼。
釜鬲表里同根蘖，
汤火熬煎何太急。

注：豆荚，豆类的果实；釜鬲，泛指炊具；蘖（niè），指植物由茎的根部长出的分枝。相传，由于争封太子这段经历，让曹丕对弟弟曹植耿耿于怀。称帝后，担心有学识又有政治志向的曹植会威胁自己的皇位，命植以"兄弟"为题，且不许犯着"兄弟"字样，限七步成诗，七步不成者行大法。植略加思索，即口占一绝曰："煮豆燃豆萁，豆在釜中泣，本是同根生，相煎何太急。"曹丕闻之，潸然泪下，幡然醒悟曰：吾能容天下，何不容同胞兄弟呢？丕杀意顿消，改贬植为安乡侯。植拜辞，上马而去。余读此节，感慨系之，步韵仿作以自勉。

第 79 回③

曹丕幸故乡

三军将士护新王，
千里南巡幸故乡。
祖效高皇还沛事，
大风一曲扫秋黄。

注：曹丕，字子桓，沛国谯县（今安徽省亳州市）人，曹操之子，三国时期政治家、文学家，曹魏开国皇帝；高皇，即汉高祖刘邦。公元220年正月二十三日，曹操薨逝。次日，曹丕继王位。同年六月，曹丕率大军南巡，七月抵达故里谯县，在东郊宴请家乡父老。乡亲扬尘遮道，奉觞进酒。丕仿效汉高祖还沛之事，祭先茔，犒三军，击筑放歌，以励心志。吏民纷纷来贺，至日落方散。同年十月，曹丕以高祖《大风歌》之气势，如秋风扫落叶一般，取汉献帝而代之，立国号为大魏，改元黄初。至此，统治华夏四百余年的大汉王朝彻底结束。

第 80 回①

曹丕篡汉

头戴王冠思帝服，
暗教逼禅上条疏。
避嫌已用机关尽，
篡字依然入史书。

注：曹丕，曹魏开国皇帝。曹丕继王位后，为早日登帝位，暗中怂恿百官上疏，逼献帝下禅让诏。逼诏不成，又令华歆等心腹，聚集文武大臣面奏献帝曰："群臣会议，言汉祚已终，望陛下效尧舜之道，以山川社稷禅与魏王，上合天心，下合民意。"公元220年农历十月，献帝被迫禅位于魏王曹丕。恐天下后世不免篡窃之名，丕三奏佯辞，帝三诏不许。丕教华歆令献帝筑受禅台，明白禅位，以昭后人。十月庚午日寅时，献帝请魏王登台受禅，台下集大小官僚四百余员，帝亲捧玉玺奉曹丕，丕受之。为避嫌绝谤，曹丕可谓机关用尽矣。

第 80 回 ②

刘备登基疑

天无二日古今常,
刘备登基待考量。
帝贬山阳帝犹在,
汉家岂可立新皇?

注:山阳,即山阳郡,在今山东省巨野县南。公元220年农历十月,曹丕废汉自立,改延康元年为黄初元年,国号大魏,贬汉献帝刘协为山阳公,令其即日离京。献帝含泪拜谢,上马而去。次年四月,一向以匡扶汉室、讨伐国贼自居的刘备,不去讨丕扶协,反倒以汉室宗亲身份于成都登基,立国号为"汉",改元章武元年,立妃吴氏为皇后,长子刘禅为太子,封诸葛亮为丞相,大小官僚一一升赏,大赦天下。文武百官皆呼"万岁"。是时,汉室正统皇帝刘协尚在,刘备擅自称帝,既不合情,又不合法,与曹丕篡位何异?理当为后世诟病。

第 81 回①

张飞之鉴

白甲白旗限日齐，
燕人心切命相逼。
兄仇未报遭凶死，
取祸皆因性太急。

注：燕人，张飞自称。张飞在阆中，闻知关羽为东吴所害，旦夕号泣，血湿衣襟。每日望南，痛哭不已。张飞欲率三军挂孝伐吴以报兄仇，限末将范疆、张达三日内制办白旗白甲。次日，疆、达入帐告曰："白旗白甲一时无措，须宽限时日。"飞大怒曰："吾急欲报仇，恨不明日便到逆贼之境，汝安敢违我将令？"叱武士缚于树上，各鞭背五十。鞭毕，以手指之曰："来日俱要完备。若违了限，即杀汝二人示众！"二人不堪逼迫，夜半密入帐中，闻飞鼻息如雷，近前以短刀刺入飞腹，飞大叫一声而亡。张飞之死告诫我们，在极端情绪下，保持冷静和理智至关重要。

第81回②

挂孝东征

先主难捱丧股肱，
桃园缅忆泪湿胸。
矢心图报家国恨，
雪涌长河径向东。

注：捱（ái）同"挨"。关羽被孙吴杀害后，张飞又遭部将戕害，首级被送往孙吴。短短一年多，两兄弟接踵死于非命，令先主旦夕号泣，水浆不进，斑斑成血，欲起倾国之兵，讨伐东吴，以雪此恨。赵云谏曰："国贼乃曹操，非孙权也……汉贼之仇公也，兄弟之仇私也。愿以天下为重！"先主答曰："朕不为弟报仇，虽有万里江山，何足为贵？"大臣秦宓、丞相诸葛亮等先后谏阻，遭拒。先主曰："朕意已决，无得再谏！"公元221年农历八月，先主统精兵七十余万，战将数百员。水陆并进，船骑双行，铺霜涌雪，浩浩荡荡，杀向东吴。

第 81 回③

弊政在失贤

得失莫道总由天，
弊政从来少大贤。
向使孝直身未死，
三军断不讨东南。

注：孝直，即法正，刘备帐下谋士，善谋善谏，深受刘备信任和敬重，公元220年去世。公元221年秋，备不听劝阻，执意率三军东征，为关羽报仇。兵败夷陵后，逃回白帝城托孤而亡。刘备东征是战略性失误。东征失败后，诸葛亮多次感叹曰："法孝直若在，必能制主上东行也。"史学家在分析刘备东征兵败的原因时亦认为，若有法正辅佐，刘备至少不会遭此大败。诸葛亮和史学家都将刘备东征及其失败的原因，归咎于没有法正这样的贤才干预和辅佐，不无道理。刘备一生的成功与失败，反复印证"得贤则昌，失贤则亡"这一执政规律。

第 82 回①

丕咨问答

"吴侯才略乃何如？"

"虎啸龙吟云卷舒。"

"似汝贤能知几许？"

"聪达八九斗量夫。"

注：丕，曹丕，魏文帝；咨，赵咨，吴国使者，能言善辩；吴侯，指孙权；夫，匹夫，赵咨自称。刘备将东征孙吴，吴主孙权遣赵咨往许都求助。临行前，孙权嘱咨曰："卿此去，休失了东吴气象。"咨诺。咨至许都拜丕，丕问咨两个自身优势十足的问题："吴主才略如何？"答曰："吾主雄略超人，像虎，似龙，如云，能屈能伸。"丕又问："吴国像你这样的贤才有多少？"答曰："聪明特达者八九十人之众，如臣之辈，车载斗量，不可胜数。"丕叹曰："使于四方，不辱君命，卿可以当之矣！"即降诏封孙权为吴王。咨有礼有节，不卑不亢，深受文帝赞许，出色完成使命。

第 82 回②

吴侯释受封

臣阻吴侯受九锡，
吴侯警释化臣疑：
"沛公奉羽权宜计，
薪胆十年会有期。"

注：吴侯，指孙权；沛公，即刘邦；羽，项羽。公元222年，面对刘备大举进攻，孙权从长计议，选择降魏称臣，受魏文帝封吴王，加九锡。吴国群臣以受封即受辱为由，力阻孙权受封。重臣顾雍谏曰："主公宜自称上将军、九州伯之位，不当受魏帝封爵。"大将军徐盛哭谏曰："主公受人封爵，不亦辱乎！"面对文武大臣质疑，孙权以昔日汉高祖刘邦曲奉项羽，受封汉王，最终灭楚立汉为例，勉励群臣，效法当年刘邦，审时度势，忍辱负重，不争一时高低，先接受魏帝封爵，而后卧薪尝胆，励精图治，扩充实力，再图灭魏吞蜀大计。

第 83 回①

刘备愧称君

芳仁背羽事多因，
赎罪将功见悔心。
忍见杀生方谓朕，
躬亲碎剐愧称君。

注：芳，糜芳；仁，傅士仁。二人曾跟随刘备多年，时从属荆州守将关羽。吕蒙一举突破荆州江防后，镇守公安的傅士仁和江陵守将糜芳，因走投无路，加上长期受关羽斥责和胁迫，恨羽、恐羽，被迫选择了背羽降吴。二人降吴，加速了关羽败亡。刘备东征后，二人恐军心变动，性命难保，为将功赎罪，携吴将马忠首级来猇亭，哭拜备曰："臣等实无反心，不得已而降，伏乞陛下恕臣等之罪。"备大怒曰："朕若饶你，至九泉之下有何面目见关公乎？"言讫，令剥去二人衣服，跪羽灵前，亲自用刀剐之，以祭关羽……此举非人君所为也。

第 83 回②

吴王擢逊

白发常疑黄口纯，
求全责备阻新人。
吴王固志擢英逊，
江左平添社稷臣。

注：吴王，指孙权；逊，陆逊，吴国年轻的政治家、军事家；黄口，代指年轻人。公元222年，面对刘备大举进攻，孙权拟擢拔三十八岁的书生陆逊为大都督。张昭、顾雍、步骘等吴国老臣，以陆逊"年幼单纯，资浅望轻"为由，公开反对。孙权认定陆逊为青年才俊，力排众议曰："孤意已决，卿等勿言。"遂拜逊为大都督、右护军镇西将军，进封娄侯，赐以宝剑印绶，令掌六郡八十一州兼荆楚诸路军马。权嘱之曰："阃（kǔn）以内，孤主之；阃以外，将军制之。"逊出将入相，深谋远虑，忠诚耿直。受命统领吴国军政二十余年，被誉为"社稷之臣"。

第 84 回①

火烧连营

伯言纵火破连营,
先主亡逃白帝城。
荆土归宗从此定,
吴王庆幸用书生。

注:伯言,即陆逊,抗蜀总指挥,年方三十八岁,虽名书生,却有雄才大略。公元222年正月,面对蜀国大举进攻,吴军新任大都督陆逊,说服众将领,果断实施战略退却,将兵力难以展开的数百里山地让给蜀军,吴军以逸待劳,坚守不战。刘备于猇亭尽驱水军,顺流而下,深入吴境。树栅连营,纵横七百余里,分四十余屯,皆傍山林下寨。逊令吴兵每人手执茅草一把,内藏硫黄焰硝,各带火种,但到蜀营,顺风纵火;火烧连营,蜀军大败,刘备逃亡白帝城不久病死。夷陵之战,彻底解决荆州归属问题。孙权为当初力排众议,大胆起用陆逊而庆幸。

第84回②

枭姬祠疑

吴蜀抗曹联政姻，
盟崩婚裂断情恩。
欣闻先主东征死，
不信枭姬为殉身。

注：枭姬祠，俗称蛟矶庙，为纪念刘备的夫人孙尚香而建。该庙位于今安徽省芜湖市蛟矶山上。据传，公元223年农历六月，时孙夫人在吴，闻悉先主刘备死于军中，遂驱车至江边，望西遥哭，投江而死。后人感其贞烈，立庙江滨，号曰："枭姬祠。"孙、刘二人本是政治联姻，无情感可言。公元211年，刘备入川，孙夫人回江东，二人婚姻早已名存实亡。后因荆州之争致孙刘抗曹联盟解体，吴蜀反目成仇。刘备起倾国之兵讨伐胞兄孙权，孙夫人闻刘备死讯，当是欣慰，断不会至江边遥祭，更不会为备殉身，稗官野史杜撰也。

第84回③

陆逊迷八阵

积石垒土几多墙，
交贯纵横韬略长。
风雨昏冥何处去？
将军搔首立残阳。

注：陆逊，吴军大都督；八阵，即八阵图，诸葛亮推演兵法而创设的一种阵法。相传，早在诸葛亮入川时，命士兵于奉节城外之鱼腹浦，聚土累石，排成阵势。阵高五尺，六十围，纵横有序，四面八方，皆有门户。自此，沙滩之上常常有气如云，从内而起。陆逊西追刘备时，误入此阵。逊方欲出阵，忽然狂风大作，飞沙走石，遮天盖地，顿时骤雨倾盆，天昏地暗。风雨过后，夕阳残照，但见怪石嵯峨，槎枒似剑，横沙立土，重叠如山，江声浪涌，有如剑鼓之声。逊大惊曰："吾中诸葛亮计也！"急欲回时，无路可出，险些丧命。

第 85 回①

兵败亦丈夫

"朕负黄权权不辜,
妻儿依旧供粱菽。"
较之袁绍失官渡,
兵败夷陵亦丈夫。

注:黄权,字公衡,初为益州牧刘璋的主簿,曾因劝刘璋不要迎接刘备而被外放,刘璋败,黄权归降刘备,被拜为偏将军。刘备东征,黄权谏阻未被采纳,备以其为镇北将军,督江北军以防魏师进攻。刘备兵败夷陵后败还,因归途隔绝,黄权不得归,无奈之下率部降魏。战后,蜀国朝臣欲将黄权亲属送有司问罪。刘备曰:"黄权被吴兵隔断在江北岸,欲归无路,不得已而降魏。是朕负权,非权负朕也,何必罪其家属?仍给禄米以养之……"与袁绍兵败官渡后,忌杀阻战忠臣田丰相比,刘备揽过于己,宽容他人,有局量,是大丈夫!

第 85 回②

白帝托孤

夷陵战败病缠身，
恨子难当匡继人。
白帝托孤唤诸葛，
知臣定不负君心。

注：公元223年农历四月，刘备日渐病危，遂召诸葛亮、李严并次子刘永、刘理星夜来白帝城听受遗命。备抚亮背曰："嗣子孱弱，不得不以大事相托。"言讫，泪流满面。亮泣拜于地曰："臣等愿效犬马之劳，以报陛下知遇之恩也！"备执亮手曰："若嗣子可辅则辅之，如其不才，君可自为成都之主。"亮听毕，汗流遍体，手足无措，复泣拜于地曰："臣安敢不竭股肱之力，效忠贞之节，继之以死乎？"言讫，叩头流血。备谓众官曰："朕已托孤于丞相，令嗣子以父事之。卿等俱不可怠慢，以负朕望！"言毕，驾崩，寿六十三岁。

第85回③

诸葛通权变

曹丕伐蜀趁期服，
诸葛退敌结狗吴。
向使依然循旧制，
中原势必并成都。

注：期服，即服丧期；狗吴，即吴狗，是孙权偷袭荆州后，刘备及蜀人对吴国的蔑称；中原，指占据中原的曹魏政权。公元223年农历四月，先主刘备驾崩。同年八月，曹丕趁蜀国尚在为刘备服丧期，调五路大军进攻成都，企图一举灭蜀。当时，刘备新败，兵损严重，南蛮蠢蠢欲动，蜀国腹背受敌，岌岌可危。诸葛亮从战略高度，审时度势，排除重重阻力，说服朝野，毅然打破旧制，遣使游说尚处于敌对状态的吴国重归于好，以共同抵御咄咄逼人的曹魏。倘若不及时结束服丧，果断调整敌魏仇吴政策，则成都不保，蜀国必亡。

第86回①

秦宓逞天辩

吴使恃才轻两川，
戏薄蜀士设刁言。
竦听秦宓逞天辩，
天外方知更有天。

注：秦宓，字子敕，蜀国学者，善舌辩；吴使，指吴国使臣张温；两川，即东川和西川，这里指蜀地。张温使蜀时，夜郎自大，屡屡用冷言冷语讥讽蜀士。闻道秦宓上至天文，下至地理，无所不通时，温习问宓曰："天有头乎？头在何方？"宓答曰："天有头，在西方。《诗》云：'乃眷西顾。'以此推之，头在西方也。"温问："天有耳乎？"宓答："天处高而听卑。《诗》云：'鹤鸣于九皋，声闻于天。'无耳何能听？"温又问："天有姓乎？"宓答："姓刘。"温再问："何以知之？"宓答："天子姓刘，以故知之。"宓引经据典，习问妙答，温自愧弗如。

第86回②

分势退曹

曹丕水陆取江南，
列岸刀枪蔽日帆。
闻道长安城阙破，
掉头鼠窜引师还。

注：曹丕，曹魏开国皇帝。公元224年农历八月，曹丕统龙舟十只，战船三千余艘，水陆军马三十余万，从蔡颖出淮，取广陵，直下江南。船上五色旌旗，光耀射目；岸边刀枪车马，连绵不绝。孙权闻讯大惊，遂修书与诸葛孔明，令起兵出汉中，以分其势。诸葛亮接书，立遣赵云引兵出阳平关，径取长安。曹丕接流星马报，大惊失色，立马班师回还，众军各自奔走，背后吴军穷追不舍。途经淮水时，被鱼油浸灌的芦苇尽皆着火。火势顺风而下，火焰漫空，截住龙舟。丕弃舟上马，慌忙逃窜，折军无数……诸葛亮西线袭曹，割分曹势，孙吴得以解围。

第 87 回①

诸葛亲征

曹魏方息五路刀，
南蛮又舞丈八矛。
但将肝胆酬三顾，
岂吝身心付两朝。

注：诸葛，即诸葛亮；五路刀，指公元223年曹丕调曹真等五路大军围剿蜀川一事；丈八矛，全称丈八蛇矛，古代一种兵器；两朝，指蜀汉先主和后主。曹丕五路大军攻蜀危机刚被化解，公元225年初，蛮王孟获再起十万蛮兵犯境侵掠。诸葛亮奏后主曰：臣观南蛮不服，实国家之大患也。臣当自领大军，前去征讨，然后北伐，以图中原，报先帝三顾之恩、托孤之重！谏议大夫王连，以丞相身负重任，不宜远征为由再三谏阻，亮不从。南蛮乃不毛之地，瘴疫之乡，诸葛秉钧衡之重任，不顾身心疲惫，躬身远征，可谓披肝沥胆，尽忠报国矣。

第 87 回②

攻心定南国

蛮夷恃险弄干戈，
不事攻心反侧多。
诸葛依从幼常计，
七擒七纵定南国。

注：南国，指南蛮；幼常，即马谡，首提"攻心定蛮"计。诸葛亮率大军南征前征询马谡高见，谡曰："南蛮恃其地远山险，不服久矣；虽今日服之，明日复叛。夫用兵之道，攻心为上，攻城为下；心战为上，兵战为下；愿丞相但服其心足矣。"亮从谡计，在南中七擒七纵蛮王孟获，非但不杀，反而放归。孟获最终对亮心悦诚服，并说服各部落首领归顺蜀汉，不再为敌，亮"南抚夷越"目标得以实现。七擒七纵孟获，既展现诸葛亮杰出的军事智慧，又折射出他独特、深远的政治眼光和超群的人格魅力。"七擒七纵"为后世制定少数民族政策提供了重要借鉴。

第88回①

冷水擒王

蛮酋濒水筑高墙，
将士蹚河半死伤。
诸葛寻得土人策，
夜深水冷再擒王。

注：蛮酋，蛮人的首领。孟获被诸葛亮放回后，于泸水南岸依山傍水，垒墙筑城，高竖敌楼，楼上设弓弩炮石，备齐粮草，欲凭泸水之险，准备久处之计。时值农历五月，天气炎热，南方之地，分外炎酷。诸葛亮令马岱领兵于浅缓处渡水。士兵裸衣而过，半渡皆倒，急救傍岸，多人口鼻出血而死。亮唤乡导土人问之，土人曰："目今炎天，毒聚泸水，日间甚热，毒气正发，触饮此水，必中其毒。若要渡时，须待夜静水冷，毒气不起，饱食渡之，方可无事。"亮从土人计，夜半驱兵渡水，果然无事。岱引两千精壮军，深入蛮洞，再次擒得蛮王。

第88回②

三擒孟获

蜀营洞敞炫家珍，
昭戒蛮王反叛心。
怎奈偏生劫寨意，
纵囚再去自由身。

注：诸葛亮第二次擒得孟获时，料其会再反，故意敞开诸营寨，陪其尽览所屯兵马、粮草、军械，旨在昭诫其反叛之心。亮指谓孟获曰："吾有如此之精兵猛将，粮草兵器，汝安能胜吾哉？"获曰："若丞相肯再放我回去，就当招安本部人马，同心合胆，方可归顺。"亮以船送获归寨。孟获再回洞中，与弟孟优商议曰："如今诸葛亮虚实，吾已尽知。汝可如此如此。"优领兄计，引百余蛮兵，搬载金玉宝贝象牙犀角之类，渡了泸水，投蜀寨诈降，以作内应。谁料，获夜半引兵劫蜀寨时，优已被药酒劝醉，浑如烂泥。内应不成，获再次就擒。

第 89 回①

诸葛拜隐

大军千里定南蛮,
驱瘴祛毒两大难。
诸葛趋身拜高隐,
乐泉薤叶护平安。

注:隐,隐士,指万安隐者,山中高士;薤(xiè)叶,中药材,有治疥疮功效。孟获被放回后,凭借秃龙洞负隅顽抗。洞中布满瘴气和毒泉。瘴气触人,无药可治;毒泉溅身,皮肉溃烂。诸葛见状,忧心如焚。受山神指引,亮备信香礼物,引众哑军连夜望山神所言处,趋身拜求隐者。隐者闻亮大名,曰:"量老夫山野废人,何劳丞相枉驾?"于是令童子引哑军,到草庵后安乐泉边,汲水饮之,随即吐出恶涎,便能言语。亮求薤叶芸香,隐者令众军于庵前尽意采取,各人口含一叶,自然瘴气不侵。亮深感其德,乃具金帛赠之,隐者坚辞不受。

第89回②

诸葛叹

孟获寻非节象贤，
弟兄品性两截然。
盗跖下惠春秋事，
诸葛嘘嗟在眼前。

注：节，孟节，孟获胞兄，自号"万安隐者"，相传孟获为非作歹，孟节与人为善；盗跖，又名柳下跖；下惠，即柳下惠，跖、惠为同胞兄弟，春秋鲁国人，相传盗跖行盗，下惠象贤。公元225年，孟获反叛，诸葛亮率军伐获，途中，将士因饮哑泉水致死致残。亮拜求孟节祛毒避瘴之法，节非但不以其胞弟挟嫌，反而乐助蜀军逃过劫难。节曰："今辱弟造反，又劳丞相深入不毛之地，如此生受，孟节合该万死，故先于丞相之前请罪。"诸葛亮有感于孟节、孟获兄弟不同品行，嗟叹不已，曰："方信盗跖、下惠之事，今亦有之。"

第89回③

奉神求水

护汉平蛮统大兵，
躬行正义奉神明。
孔明夜半倾肝胆，
诚动苍天井水生。

注：诸葛亮统兵南征，途中溪水多含瘴毒，人马不能饮用。亮忧心忡忡曰："如此则蛮方不可平矣！蛮方不平，安能兴汉室？"回到寨中，令军士掘地取水。掘下二十余丈，并无滴水。凡掘十余处，皆如此。军心惊慌。为解燃眉之急，夜深人静时，亮俯身跪地，焚香告天曰："臣亮不才，仰承大汉之福，受命平蛮。今途中乏水，军马枯渴，倘上天不绝大汉，即赐甘泉；若气运已终，臣亮等愿死于此处。"祷罢，默诵冥想，合掌致礼。亮抱诚守真，馨香祷祝。是夜祝罢，平明视之，皆得满井甘泉。可谓天道酬诚，诚至金开也。

第90回①

火烧藤甲

六番擒纵窜乌国,
傍瘴依妖又反戈。
诸葛诱敌深谷里,
万千藤甲任焚灼。

注：藤甲，用油藤制作的铠甲，经水不湿，刀箭不入；乌国，即乌戈国，距蜀东南七百里。该国兵卒俱穿藤甲，故名藤甲兵。因面目丑陋，不类人形，人称妖兵。乌国边有一江，名曰桃花水，水含瘴毒，国人饮之，倍添精神，他人饮之尽死。孟获六番被放回后，凭借乌国桃水、妖兵负隅顽抗。诸葛亮遍观地理，望见一谷，形如长蛇，皆危峭石壁，并无树木，中间一条大路。问土人知，此处名为盘蛇谷。亮喜曰："此乃天赐吾成功于此也！"遂令魏延佯败十五阵，弃七个寨栅，诱三万藤甲兵入谷，随后，车载干柴，尽皆火起，将其烧得一干二净。

第90回②

丞相孤

地裂山崩血肉糊，
火烧藤甲号天哭。
残肢累累焦尸臭，
丞相功成心却孤。

注：诸葛亮将乌戈藤甲兵诱入盘蛇谷后，封锁其退路，令人点燃事先置放的火药，引爆铁炮，满谷中火光乱舞，但逢藤甲，无有不着。顷刻间，山损石裂，士卒头脸粉碎，血肉模糊；三万藤甲军被烧得呼天抢地，伸拳舒腿，相互拥抱，皆惨死于谷中，焦尸臭不可闻。面对此情此景，亮不忍直视，垂泪而叹曰："蛮兵如此顽皮，非火攻安能取胜？使乌国之人不留种类者，是吾之大罪也，吾虽有功于社稷，必损寿矣！"左右将士无不感叹。不难看出，成功给诸葛丞相带来的不是欢悦，而是焦虑、孤独和强烈的负罪感。战争综合征也。

第 90 回③

南人自治

七擒七纵暂息师，
蛮地久安当远思。
置吏屯兵皆不易，
南人自治最恩实。

注：第七次生擒孟获后，诸葛亮羞于见获，命人将其放回，再招人马来决胜负。孟获匍匐跪于亮前谢罪。亮问："公今服乎？"获泣谢曰："某子子孙孙皆感覆载生成之恩，安得不服！"亮见其诚，就令永为洞主，所夺之地，尽皆退还。孟获宗党及诸蛮兵无不感戴，皆欣然跳跃而去。长史费祎入谏曰："何不置吏，与孟获一同守之？"亮曰："如此有三不易：留官不留兵，必成祸患；留官亦留兵，必无所食；外人治理，终不受蛮人信任。交南人自治，不留人，不运粮，与相安于无事而已。"蛮人皆感孔明恩德。亮此举开民族自治先河。

第 91 回①

诸葛祭泸水

月黑泸水鬼神号,
欲渡三军恶浪高。
诸葛安民循旧例,
馒头人面哄河妖。

注：泸水，两江口至宜宾一段。公元 225 年农历九月，蜀军平定南蛮后班师回朝。行至泸水，阴风骤起，波涛汹涌，军不能渡。土人告曰："须依旧例，杀七七四十九颗人头为祭，则怨鬼自散也。"诸葛亮曰："本为人死而成怨鬼，岂可又杀生人耶？吾自有主意。"遂唤行厨宰杀牛马，和面为剂，塑成人头，内以牛羊等肉代之，名曰馒头。当夜于泸水岸上，设香案，铺祭物，列灯四十九盏，扬幡招魂，将馒头等物陈设于地。三更时分，亮金冠鹤氅，亲自临祭。亮放声大哭，极其痛切。情动三军，无不下泪。祭罢，泸河云开雾散，风平浪静。蜀兵安然尽渡泸水。

第91回②

读前出师表

粗读只见老臣心，

细品方知教子真。

相父出征恐身死，

临行切切嘱儿君。

注：刘禅继位后，诸葛丞相既是君臣，又为君父，一身二任。北伐前，他给后主上《出师表》一道，表文以恳切委婉的言辞，劝勉后主要开张圣听，广开言路，宫中之事，悉咨以良实；要赏罚严明，不宜偏私，以昭陛下平明之治；要亲贤臣，远小人；要勤勉自谋……以此复兴汉室，还于旧都（洛阳）。初读表文，亮忠君之心跃然纸上；细细品味，则不难看出，个中口吻不但表达出臣对君的忠贞与敬重，更流露出父对子的期待与牵挂。不难理解，离朝远征，生死未卜，身为相父，只有殷殷叮嘱和告诫，方不负先帝托孤之重矣。

第 92 回①

单刀斩五雄

年届七旬犹恋功，
子龙誓死做先锋。
只因诸葛惜年迈，
敢教单刀斩五雄。

注：五雄，即魏将韩德父子五人；子龙，即赵云。公元227年春，诸葛亮出师伐魏，年近七旬的赵云恳求随军出征。亮劝阻曰："今将军年纪已高，倘稍有参差，动摇一世英名，减却蜀中锐气。"云厉声曰："我虽年迈，尚有廉颇之勇、马援之雄。此二古人皆不服老，何故不用我耶？"又曰："如不教我为先锋，就撞死于阶下。"亮再三苦劝不住，云执意做了先锋。两阵对垒，韩德出马，四子列于两边。赵云施逞旧日虎威，抖擞精神迎战，独斩韩德父子。邓芝贺曰："寿已七旬，英勇如昨。"云曰："丞相以吾年迈，不肯见用，吾故聊以自表耳！"

第 92 回②

虎子不知兵

蜀军卅万犯边庭，

魏帝逐敌用后生。

折将失城身作虏，

原来虎子不知兵。

注：后生，指夏侯楙，字子休（亦作子林），曹魏名将夏侯惇之子，曹操女婿。公元227年农历三月，蜀军三十万来犯魏国边境。魏帝曹叡拟用夏侯楙为大都督，司徒王朗谏曰："不可。夏侯驸马素不曾经战，今付以大任，非其所宜。"叡帝不顾王朗反对，命楙为大都督，统领关西二十万军马迎战。楙虽出身将门，手握兵权，却因年轻无谋，未尝临阵，被诸葛亮设计所用，致韩德父子、杨陵、崔谅等多名将领阵亡，连失三郡，自身受困被生擒。夏侯楙兵败被俘的教训警示世人：将门未必出虎子。人的才能并非天生，非后天学习、实践不可。

第93回①

计收姜维

挫兵天水遇高人,
丞相勤心纳幼麟。
略地攻城虚造势,
收维计在救娘亲。

注：姜维，字伯约，别名幼麟，初仕曹魏，后为蜀汉名将，幼年丧父，侍母至孝。诸葛亮北伐天水时，赵云首战姜维，战不数合，云首尾不能相顾，引兵败走。亮引兵再战姜维，又遭维伏击，在关兴、张苞二将护卫下，紧急上马，突出重围。两次受挫，令亮对姜维的技战术爱慕有加，欲设计收之。知其母居冀县，便命魏延虚势攻冀，诱维返冀城救母后，复令人传言维献冀城降蜀，并着人假扮姜维攻打天水，以坐实传言。待姜维再返天水时，太守马遵闭门不纳，维进退无路，被迫降蜀。可见，引诱姜维救母是诸葛亮收降计的关键。

第93回②

不解颂村夫

阵前舌战命呜呼,
王朗不堪诸葛粗。
罗氏偏心贬曹魏,
是非颠倒颂村夫。

注：村夫，即曹操、周瑜对诸葛亮的蔑称；王朗，曹魏重臣，官至司徒，通晓经籍，学识渊博，著作等身，堪称大儒；罗氏，指《三国演义》作者罗贯中。魏蜀两军于祁山前列成阵势，王朗乘马而出，呼诸葛亮阵前对话。时王朗七十有六，皓首苍髯，谈古论今，言容彬彬有礼，昭显国士风度。诸葛亮则频爆粗口，屡出咒语。王朗不堪诸葛亮污言秽语，义愤填膺，猝死马下。令人不解的是，一场循礼与违常、文明与粗野的舌战，《三国演义》的作者罗贯中为贬曹褒刘，不顾人类道德准则和共同的价值观，对骂死王朗的诸葛村夫却赞赏有加。

第 94 回①

孟达其人

抛璋弃备叛明皇，

子度一生易主忙。

向使新城身不死，

焉知还会几多降。

注：孟达，字子度，三国人物，生性反复无常；璋，益州牧刘璋；备，蜀主刘备；明皇，魏明帝曹叡。建安初年，孟达入蜀，效力于益州牧刘璋；公元211年，刘备入蜀，达弃璋投备，受任宜都太守。公元220年，关羽败走麦城，达恐受累，见死不救。关羽败亡后，畏罪率众投奔曹魏，受封平阳亭侯，任新城太守。诸葛亮率蜀军伐魏时，招其归蜀，孟达心不自安，暗中与诸葛亮勾连，企图反曹归蜀，因事泄，被司马懿破城斩杀。时任蜀汉官员费诗评曰："孟达小子，昔事振威不忠，后又背叛先主，反复之人，何足与书邪！"

第 94 回②

司马满腹韬

子度新城欲反朝，
不及举事即折腰。
仲达星夜三千里，
制胜全凭满腹韬。

注：司马，即司马懿，字仲达，曹魏政治家、军事谋略家，时任曹魏骠骑将军；子度，即孟达，时任曹魏新城太守；朝，指曹魏朝。曹丕死后，曹叡即位，孟达失宠，乃与诸葛亮勾连，图谋叛魏再投蜀。司马懿闻讯，遣参军梁畿赍檄星夜去新城，教达等准备征进，使其不疑。懿随后率大军日夜兼程，直奔新城；三十日行程，八日到达，达未等起兵投蜀，即遭腰斩。事后，懿奏帝曰："臣闻申仪密告反情，意欲表奏陛下，恐往复迟滞，故不待圣旨，星夜而去。若待奏闻，则中诸葛亮之计也。"帝曰："卿之学识，过于孙吴矣！"遂赐金钺斧一对。

第 95 回①

懈意失街亭

北伐南讨走街亭，

狭路相逢系死生。

丞相悬心泰山重，

参军懈意淡云轻。

注：街亭，位于今甘肃省天水陇城镇，是蜀汉北伐的要道，也是曹魏南下征讨的必经之地；参军，指马谡，谡时任参军。公元228年，诸葛亮命马谡据守街亭，嘱曰："街亭虽小，干系甚重。倘街亭有失，吾大军皆休矣！汝虽深通谋略，此地奈无城郭，又无险阻，守之极难。"谡曰："某自幼熟读兵书，颇知兵法，岂一街亭不能守耶？"遂写了军令状呈上。亮再嘱之曰："戒之！戒之！"谡领命往街亭看过地势后，笑曰："丞相何故多心也？量此山僻之处，魏兵如何敢来……"军国大事，马谡却云淡风轻，懈怠之意，溢于言表。街亭终失矣。

第95回②

分兵失街亭

三军躯命系街亭，
固守当须用重兵。
六路分师诸葛误，
枉教马谡罪戕生。

注：马谡，字幼常，蜀汉将领。诸葛亮曾叮嘱马谡："街亭干系甚重……奈无城郭，又无险阻，守之极难。"既然如此，理当集中绝对优势兵力严防重守，诸葛亮却只派马谡区区两万五千兵马驻守，而将其他五路兵马做如下分布：高翔一万兵马屯街亭东北列柳城；魏延率本部兵马去街亭之后屯扎；赵云、邓芝各引一军出箕谷，以为疑兵，或战或不战，以惊其心；亮自统大军，由斜谷径取郿城……余不明白，既恐一路兵马守亭有失，何不将其余五路聚而用之？可见，街亭失守，既有马谡骄傲自大、掉以轻心的责任，又有诸葛亮分兵不当的原因。

第95回③

空城计

息鼓偃旗佯太平，

悉悉街扫静空城。

孔明安坐敌楼上，

吓退仲达十万兵。

注：空城，指西城县治所，位于今陕西省安康市西北；敌楼，城墙上的城楼；仲达，司马懿。司马懿夺取街亭后，率十万大军直逼蜀军后防机关——西城县城。时诸葛亮仅有两千五百兵于城中，断不克敌。亮急中生智，令人藏匿旌旗，息歇战鼓，诸军驻足，万民屏声。同时敞开四方城门，每门前用几个军士佯作百姓洒扫街道。亮乃披鹤氅，戴纶巾，引二小童，携琴一张，于城上敌楼前，凭栏安坐，焚香操琴，态度从容。懿见状，疑曰："亮平生谨慎，不会弄险。今大开城门，必有埋伏。我军若进，中其计也，宜速退！"遂令大军尽皆退去。

第 96 回①

挥泪斩马谡

街亭失守罪通天,
奉法循情亮两难。
制胜六合当效武,
辕门泪斩震河山。

注:马谡,字幼常,蜀汉将领;亮,诸葛亮;六合,指天下;武,孙武,春秋时期军事家,以法令严明著称。街亭失守,依法当斩马谡。参军蒋琬从成都赶至汉中,见武士欲斩马谡,高叫:"留人!"琬入见亮曰:"今天下未定,而戮智谋之臣,岂不可惜乎?"亮流涕而答曰:"昔孙武所以能制胜天下者,用法明也。今四方纷争,兵交方始,若复废法,何以讨贼耶?合当斩之!"左右推出马谡,斩辕门之外,献首级于阶下。亮大哭不已,大小将士,无不流涕。亮将首级遍示各营已毕,用线缝在尸上,具棺葬之,将谡家小加意抚恤,按月给予禄米。

第96回②

诸葛请贬

辕门挥泪斩参军，
诸葛章疏罪己身。
向日失亭责将帅，
方今漏策问何人？

注：诸葛，指诸葛亮；参军，一种官职，这里指蜀汉将领马谡。诸葛亮斩罢马谡，自作表文申奏后主，请自贬丞相之职，以承失亭之责。奏略曰：街亭之失，咎皆在臣，臣明不知人，恤事多暗，《春秋》责备，罪何所逃！请自贬三等，以督厥咎。臣不胜惭愧，俯伏待命。后主览毕疑之。侍中费祎奏曰："臣闻治国者，必以奉法为重。法若不行，何以服人？丞相败绩，自行贬降，正其宜也。"后主从之，乃诏贬孔明为右将军，行丞相事，照旧统督军马。帝王罪己，将相请贬，在古代不乏其例；现如今，自省过失，勇于担责的官员却不多见。

第 96 回③

断发赚曹休

以郡来降遭置疑,
割喉断发誓无欺。
比及痛饮石亭恨,
始悟周鲂效要离。

注:曹休,曹魏将领;周鲂,孙吴将领,时任鄱阳郡太守;要离,春秋时期吴国刺客,用苦肉计(自断右臂)取信于吴王的宿敌庆忌,并成功将庆忌刺死。公元228年,魏吴大战,周鲂以郡来降,乞曹休派兵接应。休疑曰:"有人言足下多谋,诚恐所言不实。吾料足下必不欺我!"鲂大哭,拔剑欲自刎,休急止之。鲂遂断发掷于地曰:"吾割父母所遗之发,以表此心!"休见状,不再疑。遂派十万兵马前往接应。兵至石亭,遭吴军伏击,休大惊曰:"周鲂言无兵,为何有准备?"急寻鲂问之,鲂已不知所踪。休死里逃生。大悔曰:"吾中贼之计矣!"

第97回①

后出师表

炎刘曹魏不同天，
王业偏隅难久安。
北定中原酬帝愿，
鞠躬尽瘁有生年。

注：炎刘，旧指以火德王的刘氏汉朝，这里指蜀汉。第一次北伐未取得预期成果，朝野颇有微词。为消除各方疑虑，公元228年冬，趁曹魏大举进军东吴，关中虚弱之机，诸葛亮欲再度北伐，行前呈此表，史称《后出师表》。此表立论于"汉贼不两立，王业不偏安"和敌强我弱的严峻现实，从战略角度论证了北伐的必要性和迫切性：北伐不仅是为实现先帝的遗愿，还关系蜀汉的生死存亡。不能因为"议者"的不同看法而有所动摇。全文以议论见长，表中"鞠躬尽瘁，死而后已"之语，更传达出一股忠贞壮烈之气，令人肃然起敬。

第97回②

孔明功过

地僻民稀何以生？
顺天养晦事农耕。
六出七纵人财尽，
成败萧何论孔明。

注：六出，指六出祁山北伐曹魏；七纵，指七擒七纵孟获平定南蛮。蜀汉偏安一隅，理当顺天恤民，休养生息，慎开战端。先帝驾崩后，诸葛亮亲率大军平南蛮，伐曹魏，企图实现先帝遗愿。首次北伐失败后，明知再取无望，为报先帝"知遇之恩"，又对曹魏发起多次进攻战。连年北伐，虽然对转移国内矛盾、维持社会安稳起到一定的作用，但是，由于频繁征战，导致财匮力尽，民不聊生，国家积弱积贫，本不多的军事将领相继战死，人才凋零严重，国家难以为继，最终先吴而亡。由此可见，北伐之于蜀汉，如同萧何之于韩信。孔明功过，不言自明。

第97回③

叹姜维

策名魏室奔蕃朝，
背母违君忠孝抛。
纵使初心扶蜀汉，
害加故土忍操刀？

注：姜维，字伯约，蜀汉名将，初仕曹魏，后投蜀汉。公元228年春，姜维背魏降蜀。其母致信劝儿回魏，维复信曰："良田百顷，不在一亩；但有远志，不在当归也。"言下之意，为实现远大志向，不在乎母亲，不会再回归了。同年九月，维又以回故土赎罪为名，送密书于曹魏大将曹真，乞真派兵接应。曹真信以为真，遣魏将费耀接应，耀中计自刎身死，余众尽降。东晋史学家孙盛评曰："姜维策名魏室，而外奔蜀朝，违君徇利，不可谓忠；捐亲苟免，不可谓孝；害加旧邦，不可谓义；败不死难，不可谓节……"孙评可谓一语中的。

第98回①

诸葛神用兵

大败曹真暗退师，
王双中计蹑追时。
子房帷幄决千里，
诸葛行兵神不知。

注：王双，曹魏将领；子房，即张良，汉初杰出的谋士。诸葛亮二次北伐时，陈仓粮道被魏将王双截断，亮意欲撤军，又恐魏军趁机追击，双方斗智斗勇。魏将曹真令孙礼虚装运粮兵车，诱蜀军截粮，趁机劫蜀寨。焉知诸葛亮料敌机先，将计就计突袭魏寨，曹真大败，再不敢出战。亮教悄然拔寨，众将不解：大胜何故反收军？亮释曰："今乘魏兵新败，不敢正视蜀兵，便可出其不意，乘机退去。"王双察觉蜀军撤退后，倾巢追击，被亮暗伏的魏延轻骑，纵火烧毁营寨，王双仓皇回师时，又遭魏延伏击，身亡。诸葛用兵，神鬼莫测也。

第 98 回②

孙权称帝

吴王即位改龙黄，

拜相封侯赐土忙。

天下山河仍旧主，

江东父老叩新皇。

注：龙黄，指孙权的年号黄龙。公元220年曹丕废汉称帝，国号魏，东汉正式灭亡；公元221年农历五月，刘备于成都称帝，史称蜀汉。公元226年农历六月，魏文帝曹丕驾崩；公元228年春，诸葛亮开始伐魏。吴王孙权趁魏蜀交战，无暇东顾之机，于公元229年农历四月丙寅日在武昌即皇帝位，改黄武八年为黄龙元年，立国号为吴，大赦天下，谥父孙坚为武烈皇帝，母吴氏为武烈皇后，兄孙策为长沙桓王，立子孙登为皇太子。同年九月，迁都建业（今南京市）。孙权称帝，是三国鼎立局面完全形成的标志。此时此刻，尽管东吴山河依旧，吴主依旧，江东却平添一位新皇帝。

第 98 回③

添字得驴

孙权传命把驴牵,
吴虎名题长脸前。
幼恪趋身添两字,
满堂文武笑开颜。

注:吴虎,指诸葛瑾,史家称诸葛瑾为"吴之虎";长脸,指代驴。诸葛瑾,字子瑜,吴国重臣,仪表堂堂又温文尔雅,深得孙权欢心和信赖,时人称二人为"神交",孙权更是将自己与诸葛瑾的关系称作"恩如骨肉"。瑾长子诸葛恪少时聪明伶俐,能言善辩,以神童著称,颇受孙权怜爱。恪六岁时,孙权大会群臣,恪随父在座。权见瑾面长似驴,意欲调笑,乃令人牵一驴入,以纸签题"诸葛子瑜",垂挂于驴脸,众皆大笑。恪见状趋身权前,跪曰:"乞请笔益两字。"因听与笔。恪续添"之驴"二字于其下,立解父之尴尬,举座欢笑。吴王大喜,遂将该驴赐恪。

第 99 回①

诸葛复相

罢相缘由失重亭,
收伏二郡复朝缨。
责躬省过服天下,
一代达臣万世名!

注:街亭失守后,诸葛亮表奏自贬,由丞相降为右将军,行丞相事。再次北伐,收复武都、阴平二郡,魏将郭淮、孙礼败走,所得器械马匹不计其数。后主闻捷大喜,遣费祎赍诏复亮丞相职。亮曰:"吾国事未成,安可复丞相之职?"坚辞不受。祎曰:"丞相若不受职,拂了天子之意,又冷淡了将士之心,宜且权受。"亮方才拜受。诸葛亮身为三军统帅,严于律己,以身作则,为全军树立了榜样,赢得朝野的信任和钦佩。这种自省自责精神,在"刑不上大夫"的封建时代堪称典范,在"法律面前,人人平等"的当今社会依然光芒四射!

第 99 回②

刘晔口如瓶

适才劝帝早兴兵，
转眼人前道不行。
陛下闻言召责问，
咨嗟刘晔口如瓶。

注：刘晔，字子扬，曹魏重臣。公元230年农历七月，魏主曹叡召刘晔曰："子丹（曹真）劝朕伐蜀，若何？"晔奏曰："大将军之言是也。今若不剿除，后必为大患。陛下便可行之。"叡点头。晔出宫，遇众大臣探问曰："闻天子与公计议兴兵伐蜀，此事如何？"晔应曰："无此事也。蜀有山川之险，非可易图，空费军马之劳，于国无益。"众官皆默然而出。有人告晔欺陛下，叡召晔问曰："卿劝朕伐蜀，今又言不可，何也？"晔奏曰："臣昨日劝陛下伐蜀，乃国之大事，岂可妄泄于人？夫兵者，诡道也。事未发，切宜秘之！"叡大悟曰："卿言是也！"

第100回①

曹真输赌

进退祁山猜孔明，
涂红押玉赌输赢。
将军智差三十里，
忍耻包羞苟且生。

注：曹真，字子丹，曹魏名将，时为大将军。曹真与司马懿各领一军于祁山同孔明交兵。是时，秋雨连绵，蜀兵音讯全无。司马懿料定孔明必从箕谷、斜谷进取祁山，曹真不以为然。懿赌曰："十日为期，若无蜀兵来，愿面涂红粉，身着女衣来曹营服罪。"真曰："若有蜀兵来，我愿将天子所赐玉带一条、御马一匹与你。"旬日未尽，蜀兵果从两谷杀将进来，曹军措手不及，各自逃生。众将护曹真望东而逃，幸得司马懿援军到，蜀军方退。曹真得脱，羞惭无地。身为大将军，料敌不如属僚，还险些丧命，气羞成疾，卧床不起，直至病亡。

第 100 回②

违心班师

祁山进剿正酣时,
君信流言诏返师。
诸葛违心从上意,
仰天吁叹战机失。

注：公元 231 年农历二月，诸葛亮率蜀军第四次北伐，围剿祁山，厄困司马懿，战局对蜀军比较有利。此时，解送粮草官苟安，因好酒，于路怠慢，延误交割。受诸葛亮杖责后，心中怀恨，径奔魏寨投司马懿。懿教安返回成都布散流言，称亮自倚大功，早晚必将篡国。苟安允诺，竟回成都，见了宦官，广布流言。宦官闻知，即入内奏帝。帝听信传言，以商国是为名，遣使赍诏，星夜宣亮班师回朝。亮受诏毕，仰天叹曰："主上年幼，必有佞臣在侧。吾正欲建功，何故取回？我若不回，是欺主矣；若奉命而退，日后再难得此机会也。"遂抱憾而归。

第 100 回③

巧施虞诩计

蜀营添灶撤兵时，
进退仲达决事迟。
诸葛巧施虞诩计，
吓回曹魏万人师。

注：虞诩（xǔ），字升卿，东汉名将，曾任武都太守；仲达，即司马懿；诸葛，即诸葛亮。公元115年，虞诩因兵寡不敌羌军，令士兵每日增添灶台，虚示兵力日增，吓阻羌军。公元231年，北伐前线的诸葛亮受诏班师。恐司马懿趁机追杀，亮每次撤营时虚添灶台以示增兵。懿闻报蜀寨空虚，人马皆去，自引百余骑来蜀营内踏看，教军士数灶。次日又教军士查点灶数，回报说营灶比前又增一分，每日如此。懿谓诸将曰："吾料孔明多谋，今果添兵增灶，吾若追之，必中其计。不如且退，再作良图。"于是回军不追，蜀军得以安全撤回。

第101回①

诸葛装鬼神

五月祁山陇麦新，
抢收不吝动三军。
何期陇上逢司马，
诸葛驱敌装鬼神。

注：春夏之交，诸葛亮兵至祁山，营中乏粮。见陇上新麦正熟，欲密引兵割之，自领诸将并三军望陇上而来。不料，司马懿洞烛先机，引兵在此。为防止司马懿抢割新麦，亮令三万军皆执镰刀幡绳，伺候割麦，却选二十四个精壮之士，各穿皂衣，披发跣足，仗剑簇拥四轮车，望魏营而来。哨探见之大惊，不知是人是鬼，火速报知司马懿。懿出营视之，只见亮簪冠鹤氅，手摇羽扇，端坐于车上；前面一人手执皂幡，隐隐似天神一般，便令魏兵一齐追赶。但见阴风习习，冷雾漫漫，欲弃不甘，欲追不能。众人受惊回城，三日不出。亮趁机尽收陇麦。

第101回②

后主宽李严

粮草交割被误延，
李严移祸把谣传。
废国欺相滔天罪，
不解昏君只等闲。

注：李严，字正方，蜀汉重臣。公元231年，李严因押运粮草延误时日，恐诸葛亮见罪，谎报孙吴与曹魏勾连，欲兴兵伐蜀。亮闻讯甚是惊慌，不得不回师拒吴护蜀。见亮回师，严又奏帝曰："臣已办备军粮，行将运赴丞相军前，不知丞相何故，忽然班师。"后主闻奏，即命尚书费祎入汉中问亮班师之故。得知李严为遮饰己过，讹言谎语，废国家大事后，勃然大怒，叱武士推李严出斩之。尚书费祎、参军蒋琬谏曰："李严乃先帝托孤之臣，乞望恩宽恕。"后主从之，即谪严为庶人，徙于梓潼郡闲住。宽欺相、废国之臣，后主昏庸矣。

第 102 回①

计斩秦朗

偷梁换柱演双簧，
保帅丢车钓线长。
诸葛明察司马计，
将机就计斩秦郎。

注：秦郎，指秦朗，字元明，曹魏名将。司马懿欲在诸葛亮身边安插长期眼线，遣郑文赴蜀营诈降，诸葛亮将信将疑。适逢秦朗来蜀寨前搦战，亮谓文曰："汝若先杀秦朗，吾方不疑。"文欣然上马相迎，只一回合，取秦朗首级回营。亮观首级诈曰："吾向识秦朗，汝今斩者非秦朗，安敢欺我？"郑文见司马懿偷梁换柱计被识破，乞求免死，拜告曰："此实为秦朗之弟秦明也。"亮将计就计，令文修书司马懿前来劫寨，自为内应。懿见郑文书，遂令秦朗引一万兵去劫蜀寨，懿自引兵接应。朗率军杀入寨中，却不见一人。朗被蜀兵围住，死于乱军之中。

第 102 回②

木牛流马

千里交兵粮草充，
木牛流马第一功。
如今栈道他乡客，
犹念军师旧日名。

注：木牛流马，是诸葛亮在北伐期间，为适应山区道路运输粮草的需要，发明木制牛马状运输工具，分为木牛与流马，载重为"一岁粮"，四百斤上下。每日行程为"特行者数十里，群行者三十里"。用其转运粮草，人不大劳，牛马不食。上山下岭，各尽其便。公元231年至234年，诸葛亮在险峻崎岖的栈道上，用它为十万大军运送粮草，保证了战场供应。相传，今陕西省汉中市勉县黄沙镇是当年诸葛亮造木牛流马的地方。木牛流马就是从这里出发，走过250公里的栈道，到达祁山五丈原前线。如今，这里已成旅游胜地，游客络绎不绝。

第 103 回①

计破上方谷

风旋谷口火冲天，
司马穷途一命悬。
怎奈青霄兴骤雨，
武侯妙计化灰烟。

注：司马，指司马懿父子；武侯，即诸葛亮。为将司马懿诱入上方谷杀之，诸葛亮吩咐魏延曰："汝可引五百兵，去魏寨讨战，务要诱司马懿出战，不可取胜，只可诈败。"延依计，诈败退走，将司马懿引入上方谷口。懿见谷内皆是草房，并无伏兵，遂大驱士马，尽入谷中。谷中备置的火箭、地雷和柴草被突然引爆、引燃。风助火势，火借风威，火光冲天，懿欲逃无路。眼见父子三人即将葬身火海，忽然狂风大作，一声霹雳响处，骤雨倾盆，满谷大火，尽皆浇灭。地雷不震，火器无功，司马父子，逃之夭夭。诸葛亮叹曰："谋事在人，成事在天，不可强也！"

第103回②

诸葛辱司马

阵前屡屡骂爹娘，
诮辱托书送女装。
诸葛三番嘲避箭，
仲达几次束刀枪。

注：诸葛，诸葛亮；司马，司马懿，字仲达。司马懿兵败上方谷后，屯兵渭北寨内，传令诸将曰："渭南寨栅今已失，诸将如再言出战者，斩！"众将听令，据守不出。诸葛亮累令人搦战，魏兵只坚守不出。亮乃取巾帼并妇人缟素之服，盛于大盒之内，修书一封，遣人送魏寨。书略曰："仲达既为大将，统领中原之众，不思披坚执锐，以决雌雄，乃甘窟守土巢，谨避刀箭，与妇人又何异哉？今遣人送巾帼素衣至，如不出战，可再拜而受之。倘耻心未泯，犹有男子胸襟，早与批回，依期赴敌。"众将不忿，即请出战，懿仍令坚守勿动。

第 103 回③

诸葛祈禳

步罡踏斗向青冥，
设祭焚香燃寿灯。
禳祷行将七日满，
文长犯蹈败垂成。

注：诸葛，诸葛亮；祈禳，指祷告神明以求上天降福，平息灾祸，是道教最富特色的法术；文长，即魏延。诸葛亮于五丈原旧病复发，命在旦夕，欲用祈禳之法以挽。时值八月中秋，银河耿耿，玉露零零，旌旗不动，刁斗无声。亮令姜维引甲士四十九人于帐外守护，禁人惊扰。凡一应需用之物，只令二小童搬运。自于帐中设香花祭物，焚香燃灯，披发仗剑，步罡踏斗。七日内若主灯不灭，寿可增一记。已及六夜，主灯依然明亮，亮甚喜。不期魏延飞步入报敌情，竟将主灯扑灭，功亏一篑。亮弃剑而叹曰："死生有命，不可得而禳也！"

第 104 回①

遗言贻祸

丞相临终暗授权，
锦囊藏计教除延。
棺尸未冷三军乱，
便是遗言惹祸端。

注：延，即魏延。诸葛丞相临终前，召马岱入帐，附耳低言，授以密计，嘱曰："我死后，汝可依计行之。"岱领计而出。少顷，唤杨仪入，授以锦囊，密嘱曰："我死，魏延必反。待其反时，汝临阵方开此囊，那时自有斩魏延之人也。"原来亮临终之时，授马岱以密计，只待魏延阵前喊叫时，便出其不意斩之。当日杨仪读罢锦囊计策，已知伏下马岱在彼，故依计激延曰："汝敢在马上连叫三声'谁敢杀我'，便是真大丈夫。"延大叫曰："谁敢杀我？"三声未毕，被身后马岱挥刀斩于马下。可见，诸葛亮正是蜀军那场内乱的始作俑者。

第104回②

五丈原

北渭南秦罩嫩寒，
大星夜半坠营前。
森森煞气屯关右，
苦雨凄风五丈原。

注：五丈原，位于今陕西省宝鸡市岐山县境内，为秦岭北麓黄土台原的一部分，海拔约七百五十米。原上地势平坦，南北长约四公里，东西宽约两公里。北临渭水，南靠秦岭，东西皆深沟，形势险要；关右，指潼关以西地区。公元234年，诸葛亮第六次北伐进驻五丈原，与司马懿对阵一百余天。据传，同年农历八月二十三日夜，一大星，赤色，光芒有角，自东北流于西南，坠于蜀营内，三投再起，隐隐有声。是夜，亮奄然归天，寿五十四岁。五丈原为诸葛亮北伐曹魏、屯兵用武、死而后已的古战场，今天已成为历史文化遗址，吸引大量游客参观凭吊。

第 104 回③

木偶惊魂

长星昨夜坠黄尘，
临阵何期又见君。
弃甲狂奔五十里，
抚头问首笑于今。

注：见（xiàn），同"现"；君，指诸葛丞相。司马懿夜观天象，见一大星坠于蜀营，料诸葛亮已死，大喜，遂引兵同二子一齐杀奔五丈原来，杀入蜀寨时，果无一人。懿自引军追到山脚下，忽见蜀兵俱回旗返鼓，树影中飘出中军大旗，上书一行大字曰："汉丞相武乡侯诸葛亮。"定睛看时，诸葛亮于车上端坐，纶巾羽扇，鹤氅皂绦。懿大惊曰："孔明尚在，吾轻入重地，堕其计矣！"急勒马回走。懿狂奔五十余里，手抚头曰："我有头否？"随从告曰："都督休怕，蜀兵去远矣。"懿喘息半晌，神色方定。过了两日，乡民告曰："前日车上之孔明，乃木人也。"

第 105 回①

魏延反骨考

反骨污名罩魏延，
何如不见逆节传？
卒读演义几多遍，
篡叛仅凭诸葛言。

注：魏延从备事蜀近三十年。观其一生，效忠蜀汉，并无异志。所谓"反骨"之说，均源于诸葛亮一人之口。一是魏延杀了长沙太守韩玄救下黄忠，打开城门迎接关羽。羽将延引荐给刘备时，诸葛亮曰："吾观魏延脑后有反骨，久后必反。"二是首次北伐时，魏延向诸葛亮献"子午谷奇谋"，亮不采纳。延私下非议亮"胆怯"，亮闻后曰："魏延素有反相。"三是诸葛亮临终时，告杨仪、马岱曰："我死，魏延必反。"舍此，史书再无魏延逆节之片言只语，更无任何反叛行藏为证。可见，所谓"魏延脑后有反骨"，应该是诸葛亮个人偏见。

第 105 回②

魏延反叛辨

毁道绝阁罪魏延，
焉知内阋在争权。
倘如叛蜀当投北，
何故趋身却向南？

注：从《三国演义》第一百零四回，费祎与魏延的对话中可以看出，魏延得知诸葛亮死讯后，首先想到的不是谋反，也不是北上投魏，而是留在五丈原，继续和司马懿较量。有关魏延反叛的所谓罪证是，魏延不听杨仪调度，率先南归，并焚毁道阁，截杀杨仪。即便如此，也只是杨、魏二人因权力之争演化成的内斗而已，不能成为魏延反叛蜀汉的证据。诚如《三国志》作者、与"三国"同时代的陈寿对这场事变所评："原延意不北降魏而南还者，但欲除杀杨仪等。平日诸将素不同，冀时论必当以代亮。本指如此。不便背叛。"寿评信而有征。

第 105 回③

宰相胸无船

异道请兵无授权，
北伐常恨会潼关。
魏延纵有亏缺处，
宰相胸中不见船。

注：异道请兵，源于北伐时魏延献给诸葛亮的子午谷奇谋，即延请领五千精兵从子午谷进军，以求十日内袭取长安；诸葛亮率大军从斜谷赶赴长安支援，两军异道会师于潼关。亮以计谋太过冒险，未采纳。如《三国志》所载："延每随亮出，辄欲请兵万人，与亮异道，会于潼关，如韩信故事。亮制而不许。延常谓亮为怯，叹恨己才用之不尽。"可见，魏延对诸葛亮不用其谋虽耿耿于心，也只是因怀才不遇，发发牢骚而已，并无反叛之意。诸葛亮身为丞相，理当容之。遗憾的是，亮对延缺乏宽广的胸怀，且固守偏见，致使魏延终未能摆脱"天生反骨"的魔咒。

第 105 回 ④

不解孔明

二将失和积久年，
临终不解孔明偏：
军国大事私相授，
更教遗谋戕魏延。

注：孔明，即诸葛亮。魏延与杨仪同为诸葛亮麾下的北伐将领，前者以勇猛著称，后者以多谋出名，但二人都不接受对方，积怨已久。身为三军统帅的诸葛亮，不仅未能化解二人恩怨，反而在临终时独避军事副手魏延，召开最高军事会议，并将军国大事托付本为后勤官的杨仪。这一有悖常理之举，无异于为二人矛盾火上浇油。更让人不解的是，一向以公明正大著称的诸葛丞相，竟然暗中遗计于杨仪、马岱，教仪、岱阵前戕杀魏延。魏延死，蜀军失去一位杰出的军事将领，动摇了国基，进而加速了蜀国灭亡。对此，诸葛亮难辞其咎。

第 106 回①

司马定辽东

天高帝远擅称王，
司马挥师定小邦。
族灭公孙咸震怖，
偏隅从此附中央。

注：司马，指司马懿；辽东，泛指辽河以东地区；公孙，指公孙渊，辽东太守，地方割据军阀。公元237年农历七月，公孙渊自立为燕王，改元绍汉，公开与大魏分庭抗礼。次年正月，司马懿率兵进讨辽东。懿声东击西，先在南线佯攻造势，后引主力暗渡辽水，逼近公孙渊的襄平大本营。时值秋雨连绵，一月不止，平地水深三尺。渊闭门坚守，魏兵围而不攻。渊在城中粮尽，皆宰牛马为食，军中怨恨，各无战心。渊被迫突围，被懿纵兵生擒。渊父子授首，三族尽灭，出榜安民。史载："公孙既授首，群逆破胆，咸震怖。朔北响应，海表景附。"

第106回②

诈病赚曹爽

垢面蓬头哑且聋，
仲达诈病卧床中。
巡陵帝辇绝尘去，
转眼瘟猫变大虫。

注：仲达，即司马懿；大虫，老虎别称。曹叡死后，曹芳继位，司马懿与曹爽同为托孤大臣。两权臣貌合神离，明争暗斗。爽依仗曹氏宗亲，飞扬跋扈，解除司马懿兵权，懿就势托病不出，二子也退职闲居。爽遣亲信李胜去懿府打探虚实，懿借机去冠散发，拥被而坐，装聋作哑，故意将荆州听成"并州"，进汤时，将口就之，汤流满襟……一副病入膏肓、行将就木模样。爽闻讯大喜曰："此老若死，吾无忧矣！"遂戒心大懈。公元249年正月初六日，得知曹爽兄弟及其亲信一行皆随少帝出城祭扫，司马懿从"病榻"上一跃而起，携二子一举夺回军政大权。

第 107 回①

高平陵事变

昭伯逐犬猎高陵，
司马疾风卷洛京。
曹氏空遗千古恨，
山河付晋片时功。

注：高平陵，魏明帝曹叡陵墓，在今河南省汝阳县境内；昭伯，即曹爽，曹魏大将军；司马，指司马懿父子。公元249年农历正月初六日，曹爽同弟曹羲、曹训、曹彦并心腹何晏等，随魏帝曹芳去高平陵祭扫、狩猎。车辇刚出城，司马懿父子便以郭太后名义下令封锁洛都城门，随即率军占据武库和曹爽营地，并派兵据守洛水浮桥，半日内把控整个京都，而后遣人表奏曹芳帝，列举曹爽及其兄弟罪状，请求免去其官职兵权，以侯爵身份退职归家。不久，司马懿又以阴谋反叛罪，将其斩首，并夷三族。史称高平陵事变。此次政变，为日后代魏立晋奠定根基。

第 107 回②

曹爽必败身

才菲德薄位却尊,
不思跌重屡失恩。
纵然当日无司马,
未必昭伯不败身。

注：曹爽，字昭伯，曹魏权臣，德薄才疏，凭宗亲跃踞高位。曹芳继位后，官拜大将军的曹爽，与司马懿共执朝政。爽依仗皇室宗亲专权乱政，乘改制之机，削去司马懿军权，开始自专政事。骄奢淫逸，专横跋扈，起居自比皇帝。公元249年正月初六日，司马懿发动高平陵政变，爽被以谋反罪屠灭三族。爽德不配位，才输司马，葬送自己，是偶然，也是必然。诚如史学家蔡东潘所评："曹爽一庸奴耳，不度德，不量力，竟以一时之侥幸，入为首辅，就使小心谨慎，犹难免复餗（sù）之凶，况淫奢无度……当日即无司马懿，吾知爽未必不亡也。"

第 107 回③

曹爽误

兄弟身为玉叶枝，
朝中各个拜雄职。
倘循太祖挟天子，
绝地还击未可知。

注：太祖，指曹操。司马懿在洛都发动政变时，身在高平陵的曹爽有三大优势可以绝地反击：一是天子在身边，可以挟天子往许都以令天下；二是身为皇室，讨逆勤王，名正言顺；三是兄弟及其心腹均手握兵权，身居要职，实力雄厚。时大司农桓范携大司马印从洛都逃至高平陵，力谏曹爽请天子幸许都，调外兵以讨司马懿。爽却曰："吾等全家皆在城中，岂可投他处求援？"范曰："匹夫临难，尚欲望活？今主公身随天子，号令天下，谁敢不应？岂可自投死地乎？"爽闻言不决，自黄昏直流泪到晓。爽临危无断，坐令三族屠灭。

第 107 回④

曹爽庸

曹爽心形豚与犊,
位高权重智才疏。
但凡术略如先祖,
怎教唐人写晋书。

注：先祖，指曹操，曹爽之祖父。曹爽体态肥胖，别称肥奴，徒有曹氏血脉，却无曹操的才能与勇略。高平陵政变完全因其庸碌无能所致。爽出城祭陵前，大司农桓范叩马谏曰："主公总典禁兵，不宜兄弟皆出。倘城中有变，如之奈何？"爽以鞭指而叱之曰："谁敢为变？再勿乱言！"政变当日，范携大司马印冒死出城投爽，劝爽颁天子诏书，讨懿勤王。爽首鼠两端，自昏达旦,狐疑不定。范入帐催之曰："主公思虑一昼夜，何尚不能决？"爽掷剑而叹曰："我不起兵，情愿弃官，但为富家翁足矣！"范大哭出帐曰："真豚犊耳！"

第 108 回①

忠见百年后

应征出仕入曹门，

四代君王一介臣。

常恐世人猜异志，

百年以后见忠贞。

注：身为曹魏政治家、军事谋略家的司马懿，早年曾装病拒绝曹操授职。公元208年，曹操为丞相后，司马懿被强召其麾下。事曹四十余年，先后侍奉操、丕、叡、芳四代君王，倍受曹氏信任和重用。高平陵事变后，世人常猜懿心存异志。公元251年农历八月，懿病渐重，召二子至榻前嘱曰："吾事魏历年，官授太傅，人臣之位极矣。人皆疑吾有异志，吾尝怀恐惧。吾死之后，汝二人善理国政，慎之！慎之！"言讫而亡。尽管司马懿一生颇受争议，但终其一生并无取曹魏之意，只是其孙司马炎废魏立晋后，世人翻出旧账，懿颇受非议。

第 108 回②

先兄更大贤

国运昌隆半百年，
吴人欣幸授孙权。
比及身后朝中乱，
犹念先兄更大贤。

注：公元200年，吴主孙策命亡之际，托国事于年仅十八岁的胞弟孙权。时江东局势动荡不安，孙权铁腕镇反除奸，使局势得以稳定。之后又历经江夏击黄祖、赤壁之战、袭取荆州、夷陵之战、武昌称帝、迁都建业等许多重大事件，权以神武雄才，兼仗父兄之烈，履危蹈险，坐领江东五十二年，人民安居乐业，国运日渐昌隆。东吴百姓为有这样的国君而庆幸。然而，孙权晚年在继承人问题上反复无常，从开始立长到后来立幼，引致群下党争，埋下祸根。权死后，朝局不稳，国家日渐衰竭，直至灭亡。至此，国人更怀念孙权的先兄孙策。

第108回③

元逊之鉴

诛罚贬废目无君，
刚愎骄矜慢怠人。
违义贼仁朝野怒，
终教席草裹尸身。

注：元逊，即诸葛恪，诸葛瑾长子，吴国名将，权臣。恪少有才名，成人后，刚愎自用。公元252年，孙权病危，委恪为托孤大臣之首，掌吴军政大权。恪专权恣虐，诛罚贬废，孤行己见，致使民怨沸腾。权死后，同为顾命大臣的孙弘，因平日与恪不和，恐为所治，欲矫诏诛恪，恪闻知，于座中将弘斩杀。太常卿滕胤素与恪有隙，串通顾命大臣孙峻，一起入见吴主孙亮，请旨诛恪。亮曰："朕见此人，亦甚恐怖，常欲除之，未得其便。"三人密谋，由亮设席召恪，席间将其杀害。恪被砍杀后，脑袋挂在城里示众，尸体被草席缠裹抛至石子岗。

第 109 回①

天道轮回

当年伏寿棒杀身，
张后方今祸灭门。
天道轮回四十载，
恩仇还报在儿孙。

注：公元214年，汉献帝皇后伏寿与其父伏完图谋诛除曹操。事败后，伏寿被逮捕，寿哭求献帝救己不成，被曹操乱棒打死，所生二子皆被鸩杀。公元254年，曹操曾孙曹芳之妻张皇后，因父张缉谋诛司马师受株连，芳哭求免张后一死，师不从，将张后用白练绞死，屠灭三族。四十年前，曹氏诛杀汉皇后，汉皇哭救不成；四十年后，司马氏诛杀曹皇后，曹皇哭救不成。历史如此惊人地相似，并非巧合，它再次印证，宇宙万物，相生相克，造因得果，因果循环。天道轮回是自然法则，我们要对这一法则保持敬畏，以善良之心对待万事万物。

第 109 回②

司马师废帝

朝迷内宠晚优伶，
背孝贼伦慢九卿。
司马从行伊霍事，
千秋枉受不臣名。

注：司马师，字子元，曹魏权臣，时为大将军，统领朝政；帝，指曹芳，曹魏第三位皇帝，八岁登基，至年长沉迷女色，万机不理，朝野缄口侧目。公元254年农历九月，司马师大会群臣，问曰："今主上荒淫无道，亵近娼优，听信谗言，闭塞贤路，其罪甚于汉之昌邑，不能主天下。吾谨按伊尹、霍光之法，别立新君，以保社稷，以安天下，如何？"众皆应曰："大将军行伊、霍之事，所谓应天顺人，谁敢违命！"师遂同多官奏准郭太后，废芳为齐王。可见，曹芳德不配位，理当废黜。后世以司马师废帝为由，谤其为叛逆、不臣，实属污名！

第 110 回①

遗命司马昭

京洛夺权父子兵，
淮南平叛弟同行。
景王卧榻授遗命，
福祸攸关当自躬。

注：京洛，指京城洛阳；景王，即司马师。公元249年，司马懿、司马师、司马昭父子齐心协力，发动京都政变，一举除掉大将军曹爽，曹魏政权落入司马氏手中。公元251年农历四月和255年正月，司马师、司马昭兄弟在淮南分别平息王凌和毌丘俭、文钦两次叛乱，司马氏地位得以巩固。几起生死攸关的大事告成，让司马师深谙"打虎亲兄弟，上阵父子兵"之义。公元255年农历二月，司马师卧病不起，自料难保，召司马昭至床前，授昭曰："吾今权重，虽欲卸肩，不可得也。汝继我为之，大事切不可轻托他人，自取灭族之祸。"言讫，大叫一声，眼珠迸出而死。

第110回②

背水破洮西

姜维伐魏战洮西,
背水交兵走险棋。
将士置身生死地,
以一敌百化危急。

注：洮西，即洮河之西，在今甘肃省临夏回族自治州东北；姜维，蜀汉名将，时为北伐曹魏的蜀军统领。公元255年夏，维率数万蜀军伐魏，魏雍州刺史王经起马步兵七万来迎。维引大军向洮西退走，背洮水列阵。将次近水，维大呼将士曰："事急矣，诸将何不努力！"遂奋武扬威，左冲右突，所向无敌。将士见再无退路，绝地反击，以一当百，一齐杀入魏军营阵。魏兵大乱，自相践踏，死者大半，逼入洮水者无数，被斩首万余，叠尸数里。蜀军化险为夷。洮水之战是一个伟大的传奇，姜维剑走偏锋，起死回生，生动地诠释了置之死地而后生的兵家哲学。

第 111 回①

段谷之战

大破洮西奏凯还，
姜维骋志复中原。
兵折段谷人心落，
三鼎归一始见端。

注：段谷，在今甘肃省天水市东南；洮西，即洮河之西，在今甘肃省临夏回族自治州东北。洮西大捷，令蜀人信心倍增。姜维被迁升为大将军，气骄志满情绪悄然滋生。他不顾劝阻，整顿兵马，贸然进行更大规模的段谷之战，以图问鼎中原。战前，姜维与镇西将军胡济约定，两路兵马在上邽会合。因胡济一路进攻受阻，失期未至，导致姜维被魏将邓艾截于段谷，蜀兵死伤惨重。段谷大败，百姓怨声载道，维引咎自贬，蜀国朝野对战争的热情一落千丈。蜀汉政治、军事形势开始逆转，蜀吴联盟亦日渐瓦解。段谷之战成为三家归晋的历史转折点。

第 111 回②

诸葛诞反叛

前度淮南结义军,
公休护马拒从跟。
今番押子伐昭者,
恰是畴昔护马人。

注：诸葛诞，字公休，曹魏将领；淮南，位于今安徽省中部地区；马，隐喻司马氏；昭，即司马昭。公元255年正月，毌丘俭与文钦不满司马师废帝，在淮南起义，并派使者联络诸葛诞共同诛伐司马师，遭拒。诞处决了叛军来使，引兵夺回寿春，追击支援叛乱的吴军，斩杀吴将留赞，诞因平叛有功，迁升征东大将军。两年后，即公元257年农历五月，诸葛诞因不满司马昭图谋篡魏，积草屯粮，在淮南造反，并以子为质，求援东吴。孙吴起兵三万援助诸葛诞，诞会合吴兵与司马昭决战，大败，老小皆枭首，三族尽灭。诸葛诞先奉后违，世事无常矣。

第 112 回①

不解效田横

新陈代谢古今同，
莫对前朝怀陋忠。
不解公休护曹死，
从卒个个效田横。

注：田横，齐国贵族，秦末起义首领；公休，即诸葛诞，曹魏将领。刘邦统一天下后，田横不肯称臣于汉，率五百门客逃往海岛。刘邦派人招抚，田横被迫赴京城洛阳，为不受投降之辱，距洛阳三十里时自刎。其门客闻讯，全部殉死。公元257年，曹魏将领诸葛诞不满司马昭篡曹魏，于淮南起兵反昭。诞战败被杀，麾下数百从卒于寿春被俘。昭曰："汝等降否？"众卒皆大叫曰："愿与诸葛公同死，决不降汝！"昭大怒，叱武士尽缚城外，逐一问曰："降者免死。"仍无一人言降，直至杀尽，终无一降者。呜呼！"三国"无义战，舍身何所值！

第112回②

仇国论

小国何以避沦亡？
度势审时图自强。
天下鼎沸学汉祖，
君臣久固效文王。

注：公元257年，蜀国光禄大夫谯周作《仇国论》，阐述了审时度势的治国之道。文中虚构了两个互为仇敌的大国肇建和小国因余。某日，因余国高贤卿和伏愚子讨论小国战胜大国的战略。伏愚子以周文王与勾践为例，指与民休养生息、富国强兵方可取胜；高贤卿则以刘邦、项羽为例，指豪强并争，先下手方可取胜。伏愚子答曰："当殷、周之际，君臣久固，人心思定，好战则亡；当秦末之时，天下鼎沸，疾搏者获多，迟后者见吞。今我与肇建皆传国易世矣，既非秦末鼎沸之时，实有六国并据之势，故可为文王，难为汉祖。"

第 113 回①

孙綝其人

位高权重祖无功,
跋扈骄矜腹里空。
图逆智输司马远,
戮杀心比虎狼凶。

注：孙綝（音 chēn），字子通，东吴宗室，权臣，累迁东吴丞相；司马，指司马昭，曹魏权臣，弑杀魏帝曹髦。綝祖上无功，自无德无能，却飞扬跋扈，嗜好杀戮。公元256年，綝掌权后，诛杀大司马滕胤、骠骑将军吕据等重臣。与吴主孙亮矛盾激化，废孙亮为会稽王，立孙休为帝。休即位后，綝又图谋取而代之。因作恶多端，朝野共愤。公元259年农历十二月戊辰日，孙休趁腊月节大臣入朝贺节之机，命人将孙綝一举擒获并处死。史学家蔡东藩评綝曰："盖綝之怀逆，与司马昭相同，而才力不逮昭也远甚。昭父兄累建功勋，为人畏服，綝无是也。"

第113回②

祁山斗阵

兵演祁山八阵图，
把旗变应两雄夫。
伯约忽易长蛇势，
士载仰天叹不如。

注：祁山，位于今甘肃省礼县；八阵图，由八种阵势组成的战法图形，传为诸葛亮设计；伯约，即姜维，蜀汉名将；士载，即邓艾，曹魏名将。二人相约，两军于祁山布阵，比试兵法，一决雌雄。是日，维按武侯八阵之法，依天地风云鸟蛇龙虎之形分布已定。艾见维布成八卦，乃亦布之，左右前后门户一般。维大叫曰："汝效吾排八阵，亦能变阵否？"言罢，把旗一招，忽见长蛇卷地阵，将艾困在垓心，艾不知其阵，心中大惊。蜀兵渐渐逼近，艾引众将冲突不出，仰天长叹曰："我一时自逞其能，中姜维之计矣！"遂引败兵回。

第114回①

曹髦赞

生不逢时做傀皇,

久屈司马怒操枪。

由人俯仰千秋短,

任我伸舒片刻长。

注:曹髦,字彦士,魏文帝曹丕之孙,曹魏第四任皇帝;司马,指司马昭,大将军,专揽国政。公元254年,司马师废芳立髦,时髦年方十四岁,朝中大权,尽归司马。公元260年农历五月初七日,因不甘做傀儡皇帝,髦拔剑登辇,率领殿中宿卫和奴仆呼喊出宫,讨伐司马昭。迎面与中护军贾充相遇,髦亲自用剑拼杀,被太子舍人成济刺死于辇旁,年仅十九岁。曹髦是壮志未竟的皇帝,有一身傲骨和刚烈的血性,他的生命虽然短暂,却如闪电,霹雳一声,划破长空,挣脱黑暗的束缚,喷射出万丈光芒,在岁月的长河中留下灿烂的一瞬。

第 114 回②

叹曹髦

旁落皇权当忍声，
揆时度势巧逐争。
弱年终是心机浅，
不务韬戢安有生。

注：曹髦，字彦士，曹魏第四任皇帝，因不满司马昭专权秉政，于公元260年农历五月初七日，率殿中宿卫和奴仆三百余人，鼓噪而出，讨伐司马昭。近臣王经伏于辇前，大哭而谏曰："今陛下领数百人伐昭，是驱羊而入虎口耳！空死无益。臣非惜命，实见事不可行也！"髦不听劝阻，执意出宫拼杀，被太子舍人成济一戟刺死于辇旁，年仅十九岁。宋元史学家胡三省评曰："帝有诛昭之志，不务养晦，而愤郁之气见于辞而不能自掩，盖亦浅矣。"此评不虚。髦失于性格急躁，缺乏自制力，不事隐忍，不尚审时度势，一言以蔽：少不更事矣！

第114 ③

巧施反间计

假报叔仇乞纳降，
参军受任送军粮。
伯约慧眼识贼计，
暗布伏兵赚邓郎。

注：参军，指王瓘；伯约，即姜维，蜀汉名将；邓郎，指曹魏名将邓艾。姜维起蜀军十五万伐魏。魏将邓艾遣参军王瓘，以报叔父王经被司马昭枉杀之仇为名，前往蜀营乞降。维佯大喜，谓瓘曰："汝既诚心来降，吾岂不诚心相待？吾军中所患者，不过粮耳。"遂派瓘向祁山运送粮草。瓘窃喜，暗约农历八月二十日从小路运粮，教邓艾于坛山谷接应。维令人于路暗伏，截杀下书人，将书中之意改为农历八月十五日，令人扮魏军送往魏营。邓艾得书大喜，依期引五万精兵径往坛山谷中来。方入谷中，被山中伏兵杀得七零八落，艾丢盔弃甲，徒步逃脱，余兵尽被坑之。

第 115 回①

刘琰挞妻案

胡氏贺春留后宫，
夫猜妇与帝私通。
呼卒履挞芙蓉面，
坐罪弃尸街市中。

注：挞（tà），用鞭、棍打人；刘琰，字威硕，蜀汉官员；胡氏，刘琰之妻，颇有姿色；帝，后主刘禅。公元234年正月，胡氏按惯例进宫向太后祝贺新春，滞留后宫月余方归。琰疑妻与后主私通，乃唤帐下军士五百人，列于前，将妻绑缚，令每军以履挞其面数十，妻几死复苏，琰一纸休书，逐出家门。胡氏出府后，具状以告。后主闻之，大怒，令有司议琰罪。有司议曰："卒非挞妻之人，面非受刑之地，合当弃市。"琰被斩于市曹。从此，蜀汉禁止大臣妻女进宫朝庆。在"夫为妻纲"的传统社会里，刘琰仅因家暴爱妻被"弃市"，实属罕见。

第115回②

昏主护佞人

朝客谗言如浪深，
贤良负谤似泥沉。
将军伏奏诛黄皓，
昏主宽言护佞人。

注：昏主，指后主刘禅；佞人，指黄皓，蜀国宦官。黄皓生性狡诈圆滑，好谗言，善权术，蛊惑后主刘禅花天酒地，深得后主宠信，任其专秉朝政。时右将军阎宇，身无寸功，只因阿附黄皓，遂得重爵。皓又以姜维屡战无功为由，讦奏后主命阎宇代之。后主从其言，遣使赍诏，召回姜维。维见后主，叩曰："黄皓奸巧专权，早杀此人，朝廷自然清平，中原方可恢复。"后主笑曰："黄皓乃趋走小臣，纵使专权，亦无能为。卿何必介意。"又曰："爱之欲其生，恶之欲其死。卿何不容一宦官耶？"遂唤皓至亭下，命拜维服罪。皓哭拜，得以免死。

第115回③

屯田避祸

段谷折兵遭左迁，
前途未卜问朝官。
将军受教武侯事，
避祸沓中屯大田。

注：朝官，指郤正，蜀汉秘书令；将军，指姜维；武侯事，指诸葛亮积草屯粮之事；沓中，位于今甘肃省舟曲县境内，盆地。姜维掌管蜀汉军事大权后，坚持诸葛亮北伐政策，先后十一次北伐。虽胜多负少，但国力消耗极大，朝野怨声载道。兵败段谷后，蜀国上下更是一片斥责声，后主召姜维班师回朝。维往见郤正求保国安身之策。正曰："将军祸不远矣！何不效武侯屯田之事，奏知天子，前去沓中屯田？将军在外，掌握兵权，人不能图，可以避祸。此乃保国安身之策也，宜早行之。"维大喜，次日表奏后主，后主从之。遂引兵八万，往沓中种麦，以为久计。

第 116 回①

钟会祭鬼神

夜半杀声惊断魂，

巡更十里寂无人。

定军山冢阴风起，

祭罢武侯宁鬼神。

注：钟会，字士季，魏将领；武侯，即诸葛亮。公元263年农历八月，钟会攻占汉中。夜宿阳安城中，忽闻西南上喊杀声大震，会慌忙出帐视之，绝无动静。魏军一夜不敢睡。次夜三更，西南上杀声又起，使人远哨十余里，并无一人，会惊疑不定。向晓，会自引数百骑，俱全装贯带，望西南巡哨。前至一山，只见愁云布合，雾锁山头；阴风突起，寒气袭人。问乡导官知，此乃定军山，山上有武侯墓。会惊曰："此必武侯显圣也！吾当亲往祭之。"次日，会备祭礼，到武侯坟前，再拜致祭。祭毕，狂风顿息，乌云四散，天色渐朗。

第 116 回②

智取阴平桥

欲复汉中奔剑阁，
阴平桥路魏军多。
伯约北向三十里，
诱走佑明强渡河。

注：阴平桥，在今甘肃省文县境内；伯约，即姜维，蜀汉名将；佑明，即诸葛绪，魏将。公元263年农历八月，魏军三路南下攻蜀。西路邓艾进攻沓中姜维，维被迫撤退，以期奔赴剑阁，收复已被东路钟会占领的汉中。不料，中路诸葛绪已屯兵阴平桥，截断去路。副将宁随献计曰："魏兵虽断阴平桥，雍州必然兵少，将军若从孔函谷径取雍州，诸葛绪必撤阴平之兵救雍州，将军却引兵奔剑阁守之，则汉中可复矣。"维从之，即发兵入孔函谷，诈取雍州。绪闻讯，急撤大兵救雍。维入北道约行三十里，迅速回师，摆脱堵截，越过阴平桥，直奔剑阁。

第 117 回①

功名激勇夫

闻借阴平取蜀都，
明恭妙计暗讥弩。
莫言天险无归路，
自有功名激勇夫。

注：阴平，阴平古道，在川甘交界处。闻邓艾欲借道阴平悬崖峭壁径取成都，钟会面有不屑，佯恭维曰："妙计！"私下却谓诸将曰："人皆谓邓艾有能，今日观之，乃庸才耳！"艾察知其意，聚部将曰："彼料我不能取成都，我偏欲取之。"遂问众将曰："吾今乘虚去取成都，与汝等立功名于不朽，汝等肯从乎？"诸将应曰："愿遵军令，万死不辞！"艾选兵三万，各带干粮绳索进发。至摩天岭时，皆是峭壁巅崖，众皆哭泣。艾曰："不入虎穴，焉得虎子？吾与汝等，来到此地，若得成功，富贵共之！"众将士闻功名富贵，精神倍增，誓志赴汤蹈火，义无反顾。

第117回②

飞越摩天岭

立足万仞共天齐,
放眼千山云朵低。
毡裹绳缠滚身下,
摩天飞越创神奇。

注：摩天岭，位于川甘交界处，是经阴平古道入西川的必经之路，巅崖万仞，地势险峻。公元263年，魏国征西大将军邓艾突发奇想，率三万兵马携带干粮、绳索向阴平方向进发，走数百里险道到达摩天岭，剩两千兵马。岭皆峭壁巅崖，不能开凿，无法前行，虚废前劳，众皆哭泣。邓艾谓众将士曰："吾军到此，已行七百余里，过此便是江油，岂可复退！"遂令众人把军械器具尽投岭崖之下，取毡裹身，绳索束腰，率先滚下；众将士攀木挂树，鱼贯而进，势如涛滚。越过摩天岭，日夜兼程，直扑成都，后主不战而降。邓艾飞天壮举留下千古传奇。

第 117 回③

诸葛满门烈

立蜀已酬三顾恩，

北伐再尽老臣心。

只因先主托孤重，

献罢终生献子孙。

注：诸葛亮一生侍奉刘氏父子，为刘家创立基业、匡扶汉室立下不世之功。亮死后，儿孙赓续其"鞠躬尽瘁，死而后已"的家训，忠心护卫蜀汉。公元263年冬，魏大军压境。国难当头，亮子诸葛瞻奏后主曰："臣父子蒙先帝厚恩，陛下殊遇，虽肝脑涂地，不能补报。愿陛下尽发成都之兵，与臣领去，决一死战！"瞻整顿军马，问诸将曰："谁敢为先锋？"言未讫，其子诸葛尚出曰："儿愿为先锋。"父子引三军杀出城门，左冲右突，杀死魏兵数百人。瞻中箭落马后，拔剑自刎。尚闻父阵亡，勃然大怒，策马杀出，亦战死阵中。年十九岁。

第 118 回①

刘谌殉节

挥泪陈词谏父皇，
孤臣不挡满朝降。
屠妻戮子戕身死，
热血凄心祭庙堂。

注：刘谌，先主刘备之孙，刘禅第五子，北地王。公元263年冬，邓艾兵临成都，后主惊惶无措，接受谯周和众官建议，意欲举国投降。刘谌闻知，怒气冲天，带剑入宫，叩谏父皇曰："若势穷力极，祸败将及，便当父子君臣，背城一战，同死社稷，以见先帝可也，奈何降乎？"后主不听。谌大哭曰："先帝非容易创立基业，今一旦弃之，吾宁死不辱也！"后主令近臣将谌推出宫门。刘谌阻降不成，屠妻杀子，伏叩昭烈庙中哭曰："臣羞见基业弃于他人，故先杀妻子，以绝挂念，后将一命报祖！祖如有灵，知孙之心。"哭罢，遂自刎而死。

第118回②

> ### 后主出降
>
> 挈子携臣赍玺降，
> 金银丝绢府仓粮。
> 四十二载皇家业，
> 化作庸儿陪嫁妆。

注：公元263年农历十二月初一日，魏兵大至，蜀都竖起降旗。后主刘禅赍玉玺、率太子诸王及群臣六十余人，面缚舆榇，出北门十里而降。邓艾扶起后主，亲解其缚，焚其舆榇，并车入城。艾拜后主为骠骑将军，太子为奉车都尉，其余文武，各随高下拜官。请后主还宫，出榜安民，交割仓库。后主遣尚书郎李虎送文簿与艾，共户二十八万，男女九十四万，带甲将士十万二千，官吏四万，仓粮四十余万，金银二千斤，锦绮丝绢各二十万匹，余物在库，不及具数。是日，距公元221年农历四月初六日先主在成都登基，整四十二年矣。

第118回③

司马疑钟会

窜取成都自恃功,
辄行大事反情浓。
成师收艾牛刀重,
司马加兵意会公。

注:司马,指司马昭,曹魏大将军,总揽朝政;艾,即邓艾,伐蜀西路军将领;会公,指钟会,伐蜀东路军将领。公元263年冬,邓艾奇袭阴平、窜取成都后,居功自傲,大事辄行,公然宣称:"将在外,君命有所不受。"时朝中皆言其必有反意。钟会趁机遣人赍表,言邓艾专权恣肆,结好蜀人,早晚必反。司马昭闻言愈加疑忌,遂遣使赍诏封钟会为司徒,令会收艾。钟会手中之兵六倍于邓艾,收艾如杀鸡用牛刀,易如反掌。而司马昭却同魏主曹奂提大兵御驾长安,明为助会收艾,实则防会再反。正所谓"项庄舞剑,意在沛公"也。

第 119 回①

姜维诈降计

曲线复国心志坚,
构间会艾两相残。
挥师共讨长安日,
反掌回归蜀汉天。

注：姜维，蜀国将领；会艾，即钟会、邓艾，二人均为魏国将领。后主投降邓艾后，命姜维降艾。维心生诈降计：先降钟会，借机离间钟会与邓艾；借会除艾后，再助会假郭太后遗诏，以弑君罪讨伐屯兵长安的司马昭，继而劝会废魏自立，而后再灭会复汉。此计在姜维去世84年后，即公元347年，东晋权臣桓温西征巴蜀时，从姜维给刘禅的密信中发现。维密与后主书曰："望陛下忍数日之辱，维将使社稷危而复安，日月幽而复明，必不使汉室终灭也！"又云："欲伪服事钟会，因杀之以复蜀土。"维复国之心，皇天后土，实所共鉴。

第 119 回②

钟会之死

计定淮南比子房，
威加蜀郡势鹰扬。
因嫌项上乌纱小，
致使孤魂返故乡。

注：子房，即张良，汉初杰出谋臣，西汉开国功臣、政治家。公元 257 年，钟会随司马昭平定诸葛诞淮南叛乱时，屡出妙计，时人将其比作张子房。公元 263 年，钟会拜镇西将军，主持伐蜀事宜，与邓艾联手一举灭蜀，声名鹊起。钟会官拜司徒，进封县侯，增邑万户。功成之后，萌生不臣之心，勾连蜀降将姜维，谋害邓艾，残杀魏将。次年正月，起兵于成都，伪造郭太后遗诏讨伐司马昭，图谋废魏自立。因属将丘建告密，胡烈串通其子胡渊制造兵变，里应外合，钟会被杀死。一代将星就此陨落，落得个身死他乡，魂返故乡的下场。

第 119 回③

阿斗难扶

丧家不误享安闲，
失土何曾半点惭。
原本无心天下主，
孔明再造亦徒然。

注：阿斗，后主刘禅之小名。蜀国灭亡后，后主被迁至洛阳。司马昭责后主曰："公荒淫无道，废贤失政，理宜诛戮！"后主面如土色，不知所为。文武皆奏曰："宜恩赦之。"昭乃封其为安乐公。次日，后主亲诣昭府拜谢，昭设宴款待。先以魏乐舞戏于前。蜀官感伤，独后主有喜色。昭令蜀人扮蜀乐于前，蜀官尽皆坠泪，后主嬉笑自若。昭问曰："颇思蜀否？"后主曰："此间乐，不思蜀也。"昭谓近臣贾充曰："人之无情，乃至于此！虽使诸葛孔明在，亦不能辅之久全，何况姜维乎？"公元271年，刘禅死于洛阳，享年六十五岁。

第 119 回④

> ## 司马取曹魏

操武丕文智略高，
叡芳髦奂渐萧条。
祖孙司马皆龙凤，
不动干戈取魏曹。

注：司马，指司马氏；曹魏，指魏国曹氏政权；操武丕文，即魏武帝曹操、魏文帝曹丕，亦有二人文武兼备之意。曹魏朝历经曹操（武皇帝）、曹丕、曹叡、曹芳、曹髦、曹奂六帝，其中曹操、曹丕父子文韬武略过人，曹叡以降则逐次萧条，每况愈下。反观同朝司马氏，司马懿，司马师、司马昭，司马炎祖孙三代，各个人中龙凤。前者江河日下，后者如日方升，此消彼长，高下立判。公元265年农历十一月，司马炎不费吹灰之力，逼迫魏元帝曹奂伏地听命。炎即位为帝，文武百官，山呼万岁。炎绍魏统，国号大晋，改元为太始元年。魏遂亡。

第 120 回①

羊陆之交

克日交兵拒掩袭,
禽伤吴地返拾遗。
义心最是羊叔子,
药馈宿敌疗痼疾。

注：羊，即羊祜（hù），字叔子，西晋杰出的战略家，摄守荆州七年；陆，即陆抗，字幼节，陆逊之子，吴国名将，时屯兵江口。羊祜、陆抗二人在晋吴边境长期对峙。二人虽为宿敌，却颇讲信义：预先商定双方交战时间，不搞突然袭击；羊祜令诸将打猎，止于晋地，不犯吴境。被吴人射伤的禽兽，越过晋界，令返还吴人，陆抗则送佳酿以报。抗患顽疾，祜遣人送药，众将曰："羊祜乃吾敌，此药必非良药。"阻抗服用。抗曰："岂有鸩人羊叔子哉？汝众人勿疑。"遂服之，次日病愈，众将皆拜贺。二人相互信任，和睦相处，史称"羊陆之交"。

第 120 回②

吴主戏晋皇

"朕在宫中心系吴,
多年虚位待臣伏。"
"南朝亦设这般座,
只是君家未被俘。"

注:吴主,指孙皓,东吴末代皇帝。公元280年,晋灭东吴后,迁孙皓赴洛阳面君。皓登殿稽首,以拜晋帝司马炎。帝赐下座,曰:"朕设此座以待卿久矣!"皓对曰:"臣于南方,亦设此座以待陛下。"帝大笑。某日,帝邀皓同饮,问皓曰:"闻南人好作《尔汝歌》,颇能为不?"皓因举觞吟唱曰:"昔与汝为邻,今与汝为臣。上汝一杯酒,令汝寿万春!"晋武帝本想戏弄孙皓,谁料皓借唱《尔汝歌》之机,不称帝为帝或君,而是一口一个"汝"字,巧妙地把晋武帝戏弄了。因是受命而唱,帝虽受到戏弄,失了身份,却不好发作,甚是懊悔。

第120回③

世论枉吴主

百年雄踞大江东，
万里河山转眼空。
世论不知时与势，
枉将国破罪元宗。

注：吴主，指孙皓，字元宗，东吴末代皇帝。孙吴政权自公元2世纪80年代孙坚草创江东，至公元280年晋武帝一举灭吴，历时近百年。因孙吴大业最终毁于孙皓之手，时人皆将吴国灭亡归罪于皓。然而，冰冻三尺，非一日之寒。早在孙权当政后期，吴国已危机四伏。历经孙亮、孙休二帝，内斗不止，国势日渐衰落。公元263年，即孙皓继位的前一年，蜀国不战而降，东吴失去战略支撑。晋军大举伐吴时，本已独木难支的东吴因上下离心，国力空虚，疏于防备，以致节节失败。面对晋军强大攻势，孙皓断无回天之力。

第 120 回④

三分归一统

晋皇饮马断长河，

吴主闻声弃铁郭。

万里江山复一统，

六十分鼎话三国。

注：《三国演义》描述了从汉灵帝到晋武帝百余年间的历史。先是张角三兄弟振臂一呼，黄巾四起，东汉王朝摇摇欲坠；后历经董卓进长安，十八路诸侯讨董卓，曹操挟天子以令诸侯，擒吕布、灭袁术、收袁绍，统一北方，继而南下赤壁，兵败孙刘，元气大伤，历史进入魏、蜀、吴三国争雄时代。之后数十年虽战事不断，但三足鼎立，社稷保持相对平衡和稳定。直到公元 280 年，司马炎率大军水陆并进，直逼铁郭金城吴都。吴主孙皓见大势已去，效安乐公刘禅，出城降晋。至此，存续六十年的"三国"归于一统，历史又掀开崭新的一页。

诗品三国 任玉岭

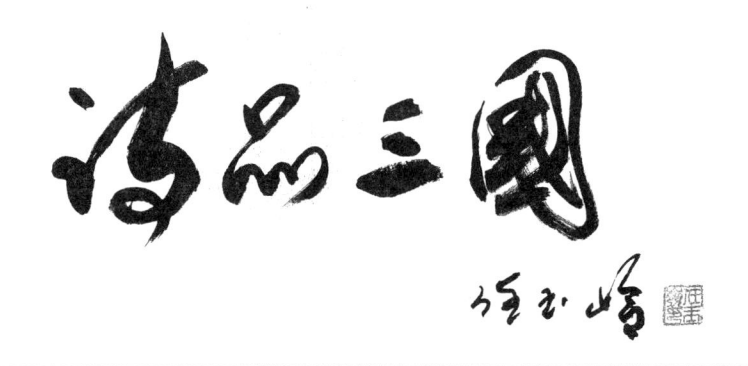

　　任玉岭，男，1938年10月生，河南省遂平县人，联合国开发计划署可持续发展顾问，联合国教科文组织名誉主席。原国务院参事，第九、第十届全国政协常委，国家教育咨询委员会委员，中国书画协会副主席，中国书画协会名誉主席，中国海峡两岸书画艺术家协会主席。

诗品三国

贺张传明同志诗品三国出版

诗意三分国 群雄七绝歌

甲辰夏月 李文朝

李文朝，男，1948年3月生，山东省梁山县人。曾任中国人民解放军电视宣传中心主任，少将军衔。退休后任中华诗词杂志社社长，中国作家协会第八、九届副主任，中华诗词学会第三、第四届常务副会长，国务院参事室中华诗词研究院顾问。

临江仙—读《诗品三国》

汪鸿雁

汉魏蜀吴归两晋,
徒留荒冢残痕。
春秋笔法入诗文。
辩文臣武将,
析帝子王孙。

举事谋战阴计甚,
轮回因果加身。
三曹司马续同门。
评白衣胜败,
看蜀道消沦。

汪鸿雁,男,汉族,现任某战区政治工作部少将副主任。第十九、第二十届中纪委委员,第十四届全国人大代表。戎马倥偬,笔耕不辍,在《人民日报》、《解放军报》、今日头条发表多篇诗作。

后 记

《三国演义》是一部集历史、文学、艺术于一体的经典之作。栩栩如生的人物形象、跌宕起伏的故事情节、丰富多彩的成语典故，赢得一代又一代读者的喜爱。有人统计，《三国演义》描写了 1000 多个人物，其中，性格鲜明、国人家喻户晓的名字数十位；讲述了一系列故事，其中载入史册、人们口耳相传者近百个；引用或锤炼出近 400 个成语典故和固定短语，其中耳熟能详、被广泛使用者逾百条。众多的人物、故事和典故，承载着丰富的文化内涵和历史信息。如果能在轻松愉悦的阅读中掌握这些知识点，对普及经典，传播中华文化具有重要意义。

2020 年初，因疫情宅在家，无所事事，我再次阅读起《三国演义》。读着读着，便对书中的诗词产生浓厚的兴趣：篇幅短小，却寓意深远，令人玩味无穷。我眼前一亮，何不用大家喜闻乐见的诗词品嚼这些知识点呢？我尝试着对书中的重要人物、重要事件、重要典故，用七言绝句进行挖掘和提炼，再用小短文加以阐释。集诗、文于一体，文因诗中意象而生光彩，诗因文中故事而添情趣。也许这种雅俗共赏的体裁更适应当代人的文化心理和审美情趣吧！当我将十多篇写好的诗、文分发给诗界朋友时，收到的赞誉可谓"蛙声一片"。诗友们的鼓励让我信心倍增。此后，我坚持每读一回，就以人物大小、事件巨细为序，多则写4首，少者2首，至2025年初，共成诗317首，基本涵盖《三国演义》中的重要人物、重要事件和重要典故。诗文中涉及的人物、事件及其时间和地点等史实部分，基本以毛氏父子加工整理的《三国演义》为遵循，只有基于史实引发的感悟和评说源于个人认知。莎士比亚说，"一千个读者就有一千个哈姆雷特"。这些感怀型诗作，可能与史实逻辑相合，也可能逆向思维，得出与史实相左的结论。就我个人而言，结论正确与否并不重要，重要的是在跋涉的路上，留下属于自己的脚印。

317首诗作，全部用中华新韵。每首四句，每句七言，首句入韵，僭称七言绝句。以诗叙事，因事兴感，离不开必要的描写和议论，而七言绝句篇幅短小，难以铺展叙写、淋漓抒怀，因此，提炼典型的历史镜头和含蓄的情感表达是诗作的关键。由于本人诗作水平有限，对"三国"历史缺乏深入研究，诗、文遗憾之处知所不免，权作引玉之砖，就教于方家。

当我手捧这本不算厚重的书稿准备付梓时，心中除了惴惴不安外，还充满感念之情。感谢我的学友、中学语文高级教师张厚君先生，初稿出来后，他字斟句酌，是正多处；感谢原国务院参事、第九届和第十届全国政协常委、著名书画家任玉岭先生为本书题写书名；感谢原《国防》杂志社主编武国禄先生

后 记

住院期间为本书作序；感谢原《中华诗词》杂志社社长李文朝先生、某部战区政治工作部副主任汪鸿雁先生赋词褒励。五位大家，益光拙著，不胜荣幸。爱女张芮，北师大法学院研究生毕业，喜爱文学，对本书创作提出许多意见和建议。多年来，信阳师范大学贾齐华教授，中华诗词杂志社胡彭编辑，还有我的妻子、女婿在我的诗词创作中给予巨大的帮助和支持，这些都是我能够完成本书写作的动力，在这里一并表示谢意！

余从十五岁开始阅读《三国演义》，至今已逾半个世纪。长期阅读这部伟大的文学作品，让我丰富了知识，增长了智慧，提高了能力，受益良多。这本书的出版，也是对我多年来品读"三国"的一个总结。谨以此来纪念书中那些叱咤风云的英雄人物和属于他们的那个如火如荼的年代。"闻听三国事，每欲到许昌。"2024年3月12日，我怀着浓厚的兴趣，再次来到许昌感受三国气息。走进曹魏古城，思绪万千，作《贺新郎》一阕，以志余怀。

贺新郎

几度兴亡处，
把时空、倒回千载，
拱揖前主。
天下敢教无二帝，

酒煮青梅魏武。
算仅有、英雄吾汝。
割据山河千万里,
举贤能、江表咸归附。
吴魏蜀,俱尘土。

三分往事传千古。
只闲来、案头长卷,
适心娱目。
百二章回摩挲破,
感叹书中人物。
便燃起、激情无数。
意欲抒怀吟小句,
五度秋,独步诗山路。
拙著就,慰迟暮。

张传明
乙巳年春于信阳